Henner Kotte **Stiefel für den Tod**

Henner Kotte

Stiefel für den Tod

und zwei weitere Verbrechen

Bild und Heimat

Von Henner Kotte liegen bei Bild und Heimat außerdem vor:

Schüsse im Finsteren Winkel und sechs weitere Verbrechen (Blutiger Osten, 2013)

Um Kopf und Kragen. Unbekannte Fälle aus dem Kuriositätenkabinett der Kriminalistik (2014)

Leipzig mit blutiger Hand und fünf weitere Verbrechen (Blutiger Osten, 2015)

Blutige Felsen. Kriminalstories aus der Sächsischen Schweiz (2015)

Blutiges Erz. Kriminalgeschichten aus dem Erzgebirge (2016)

Raubsache Leipzig und vier weitere Verbrechen (Blutiger Osten, 2016)

Bonnie und Clyde vom Sachsenplatz und zwei weitere authentische Kriminalfälle aus Dresden (2016)

Leipziger Heimsuchung und vier weitere Verbrechen (Blutiger Osten, 2016)

ISBN 978-3-95958-083-0

1. Auflage

Umschlaggestaltung: capa
Umschlagabbildung: Chris Keller / bobsairport
Druck und Bindung: GGP Media GmbH, Pößneck

SUPERillu

In Kooperation mit der SUPERillu
www.superillu-shop.de

Inhalt

Der Gast zur Stunde Null

Eine Geschichte vom unbekannten Soldaten

Es war einmal ein Soldat, der hatte dem König lange Jahre treu gedient: als aber der Krieg zu Ende war und der Soldat, der vielen Wunden wegen, die er empfangen hatte, nicht weiter dienen konnte, sprach der König zu ihm: »Du kannst heimgehen, ich brauche dich nicht mehr: Geld bekommst du weiter nicht, denn Lohn erhält nur der, welcher mir Dienste dafür leistet.« Da wusste der Soldat nicht, womit er sein Leben fristen sollte: ging voll Sorgen fort und ging den ganzen Tag, bis er abends in einen Wald kam. Als die Finsternis einbrach, sah er ein Licht, dem näherte er sich und kam zu einem Haus, darin wohnte eine Hexe. »Gib mir doch ein Nachtlager und ein wenig Essen und Trinken«, sprach er zu ihr, »ich verschmachte sonst.« »Oho!«, antwortete sie, »wer gibt einem verlaufenen Soldaten etwas? doch will ich barmherzig sein und dich aufnehmen.«

Brüder Grimm: *Das blaue Licht*

14 km südwestlich der ehemaligen Kreisstadt Dippoldiswalde, nahe am Kamm des Erzgebirges, schmiegt sich an einem Berg das Städtchen Frauenstein. Es wird von einer Burgruine malerisch dominiert. »Die Stadt Frauenstein, urkundlich bereits 1289 und 1384 erwähnt, auch Vrouwenstein und Browinstein, soll ursprünglich tiefer unterhalb der Burg und zwar hart neben der Begräbniskirche gelegen haben. Erst im 15. Jahrh. sollen die Bürger begonnen haben, sich mehr bergauf an der jetzigen Stelle anzubauen. Ein Richelmus de Frauenstein wird in einer Urkunde des Markgrafen Hein-

rich des Erlauchten, d.d. Plauen 1. September 1266, aufgeführt. Als Stadt tritt Frauenstein urkundlich im Jahre 1384 auf, schon 1418 hatte es einen Bürgermeister. Zur Vergrößerung der Stadt trug der früher nicht unbedeutende Bergbau wesentlich bei. Stadt und Burg gehörten im Mittelalter den Burggrafen zu Meißen, dann jenen zu Reuß-Plauen, 1440 erkaufte sie Kurfürst Friedrich der Sanftmüthige und 1473 gingen beide in den Besitz der v. Schönbergischen Familie über, von welcher sie 1647 wieder in kurfürstlichen Besitz gelangten. Die ehemals ummauerte Stadt besaß fünf Thore, von welchen nichts mehr erhalten ist, und wurde durch viele Brände, besonders jene von 1534 und 1728 verwüstet, so dass von den alterthümlichen Gebäuden sich nichts mehr vorfindet.« Der berühmteste Sohn der Stadt ist der 1683 in dem heutigen Ortsteil Kleinbobritzsch geborene Orgelbauer Gottfried Silbermann. *Laß den Satan wittern, / Laß den Feind erbittern, / Mir steht Jesus bei. / Ob es itzt gleich kracht und blitzt, / Ob gleich Sünd und Hölle schrecken: / Jesus will mich decken.*

Kriegsende 1945: Am 2. Mai kapitulierte die Reichshauptstadt vor den einmarschierenden Truppen der *Roten Armee*. Sechs Tage später, am 8. Mai 1945, unterzeichneten die Generäle Hans-Georg von Friedeburg, Wilhelm Keitel und Hans-Jürgen Stumpff in Berlin-Karlshorst die bedingungslose Kapitulation aller unter ihrem Befehl stehenden Militäreinheiten. »Das Oberkommando der Deutschen Wehrmacht wird unverzüglich allen Behörden der deutschen Land-, See- und Luftstreitkräfte und allen von Deutschland beherrschten Streitkräften den Befehl geben, die Kampfhandlungen um 23.01 Uhr mitteleuropäischer Zeit am 8. Mai einzustellen und in den Stellungen zu verbleiben, die sie an diesem Zeitpunkt innehaben und sich vollständig zu entwaffnen, indem sie Waffen und Geräte an die örtlichen Alliierten Befehlshaber beziehungsweise an die von den

Alliierten Vertretern zu bestimmenden Offiziere abliefern.«
Stunde Null.

Erzgebirge. »Bei uns kommt der Frühling später als anderswo. Das macht die Höhe. Wenn unten im Lande die Kirschbäume schon in Blüte stehen und auf den Flächen das Wintergetreide längst grünt, öffnen sich bei uns erst die Krokusse, die Bauernweiber, über die Erde gebückt, stecken die Saatkartoffeln in den kargen Boden der winzigen Äcker, die eingebettet liegen zwischen den Steinen der Berge, und in den Wäldern findet sich noch, geschützt vom Schatten der Bäume, grauer Schnee. Ich beschreibe Ihnen das, damit Sie die Vorfrühlingsstimmung mitempfinden können, die über der Landschaft lag, obwohl man schon Mai schrieb, und die, für mich wenigstens, auch symbolische Bedeutung hatte, obwohl ich gewöhnlich solche gefühlsbeeinflussten Haltungen wenig ernst nehme«, schildert ein Augenzeuge jenen 1945er-Frühling im Gebirge.

Das östliche Erzgebirge wurde bei Kriegsende von den Truppen der *Roten Armee* besetzt, in den westlichen marschierten die Amerikaner. Dazwischen war es »in diesem Teil des Landes noch völlig unklar, wer kommen und das Dorf oder die Stadt besetzen würde, die Russen oder die Amerikaner; die Mehrzahl der Leute, das war sogar unter den Fremdarbeitern und erst recht bei den Flüchtlingen spürbar, hoffte, es möchten die Amerikaner sein, weil diese aus einem bekanntlich sehr reichen Lande kamen und daher größere Vorräte mit sich führen würden, an die sich eventuell herankommen ließe, während die Russen, ebenso arm wie unzivilisiert und ungezügelt, und dazu rachsüchtig, die geringen Werte, die einem noch geblieben waren, plündern, die Weiber vergewaltigen und Gott weiß was noch für Schandtaten begehen würden.«

Auf den Höhenzügen um Schwarzenberg standen sich die Armeen der Alliierten dann gegenüber. 2000 km^2 dazwischen waren 42 Tage lang die *Freie Republik Schwarzen-*

berg. Frontverlauf und Truppenbewegungen in den letzten Kriegstagen waren unübersichtlich. »Oben auf der Höhe warf er einen Blick zurück. Es war ein überwältigendes Bild. So weit er in der Dämmerung sehen konnte, hatten die sowjetischen Truppen in voller Breite den Talgrund erreicht. Vielleicht würden sie noch ein Stück den Hang heraufrücken, aber weiter konnten sie den Angriff heute nicht mehr vortragen; es war schon zu spät. Wer von den deutschen Soldaten da unten noch lebte, würde in Gefangenschaft geraten. Er hatte es gewusst und war mit dem Instinkt, der sich in ihm in den Jahren an der Front entwickelt hatte, entschlüpft. Auf der anderen Seite jedoch lagerten die Amis. Ob die ihn laufen ließen war ungewiss«, beschreibt eine zeitgenössische Erzählung die Situation.

Auch in Frauenstein waren es im Mai 1945 lange Tage im Machtvakuum. Vereinzelt hallten Schüsse. Wehrwölfe und Wehrmachtssoldaten glaubten noch immer an den Endsieg. Flüchtlinge und Deserteure irrten durch die Wälder. Einwohner hockten bang in ihren Häusern. Behörden- und Befehlsstrukturen waren aufgehoben. Sowjetische Soldaten suchten Schlafstatt, Sex und was zum Fressen. Chaos und Angst und aussichtslose Zukunft.

»Im Osterzgebirge zogen wir uns in die Bergwälder zurück, um erst mal vor dem Zugriff der russischen Truppen in Sicherheit zu sein und unsere Lage in Ruhe klären zu können«, erinnert sich ein Landser, dessen Truppe sich in Auflösung befand. »Wir zogen in den Bergwäldern westwärts, bis wir an ein Bergdorf kamen. Dort sahen wir, dass Frauen dabei waren, Bettlaken zu zerreißen, um weiße Armbinden für die Soldaten daraus zu machen. Wir sahen auch, dass am Ende des bergab führenden Weges ein russischer Soldat stand. Er ließ alle deutschen Soldaten, die eine weiße Armbinde hatten, nach kurzer Kontrolle unbehelligt weitergehen. Daraufhin fassten die meisten von uns und so auch ich den Mut, zu dem russischen Kommissar hinunterzugehen.

Ich baute meine Maschinenpistole auseinander und warf die Einzelteile in verschiedene Richtungen in die Büsche. Von den Frauen erhielt ich auch eine weiße Armbinde und ging mit gemischten Gefühlen hinunter zu dem Russen. Der fragte in bestem Deutsch: *Du noch Waffen, Munition?* Ich sagte *Nein. Dann alle nach Hause nach Mutter*. Das Hinübergehen zu den Russen ging reibungsloser, als ich dachte. So zogen wir deutschen Soldaten dann entgegengesetzt zu den russischen Truppen auf derselben Straße. Die Russen zogen nach Süden Richtung Tschechoslowakei und wir gen Westen. Es gab verhältnismäßig wenig Übergriffe durch die Russen. Ich musste nur einmal irgendein Kraftfahrzeug mit anschieben helfen, worüber ich mich irgendwie doch innerlich erregte. Aber was sollte irgendeine Gegenreaktion. Wir mussten uns in unserer Lage eben fügen. Sobald wir konnten, verließen wir die Hauptstraße und zogen auf Nebenstraßen durch die Berge. Unterwegs hatten wir immer wieder in den Straßengräben viele Tote liegen sehen. Es waren vielfach erschossene Angehörige von Polizeieinheiten, was an der hellgrünen Uniform zu erkennen war. Warum die Russen sie erschossen hatten, habe ich nicht erfahren können. Ich hatte sicherheitshalber mein Ärmelband mit der Aufschrift *Hermann Göring* abgetrennt und weggeworfen, um nicht sofort als Angehöriger dieser Eliteeinheit erkannt zu werden. Auch habe ich dann den Luftwaffenadler aus der feldgrauen Uniform herausgetrennt, denn es gab in der deutschen Wehrmacht nur eine Einheit, die feldgraue Uniform mit Luftwaffenadler trug, nämlich unser *Fallschirmpanzerkorps H.G.* Bei uns ging immer das Gerücht, dass bei den Russen ein Kopfgeld auf Angehörige des *Fallschirmpanzerkorps H. G.* ausgesetzt sei. Dies sei der Fall, seitdem die russische Eliteeinheit *Die Stalinschüler*, die grundsätzlich keine Gefangenen machten, sondern alle Gegner vernichteten, von unseren Panzergrenadieren auch dementsprechend bekämpft und bei Warschau total aufgerieben wurde.

Unterwegs im Erzgebirge sind mir öfter Soldaten begegnet, denen die Russen die guten Lederschuhe ausgezogen hatten und die sich nun mit den russischen Schuhen herumquälten oder auf Socken herumliefen, weil die Schuhe nicht passten. Meine neuen Schuhe haben die Russen auch wiederholt angeschaut. Aber meine Schuhe (Größe 47) waren ihnen wohl zu groß, und so behielt ich meine Schuhe. An der Ausrüstung der nach Süden ziehenden russischen Truppen konnte man erkennen, dass auch sie am Ende waren. Es waren wenig Motorfahrzeuge zu sehen. Vorwiegend zogen Pferdefuhrwerke, vor allem Panjewagen, mit vielen wohl erbeuteten Pferden und Massen von Soldaten aller russischen und asiatischen Rassen in erdbraunen Uniformen die Straßen entlang. Am Ende dieses Tages gegen Abend verfolgten uns plötzlich russische Soldaten und riefen uns etwas zu. Wir begriffen nicht, was wir sollten, denn es war uns doch gesagt worden, wir könnten alle *nach Hause nach Mutter* gehen. Es wurde aber ernst. Die Russen schlugen uns mit Gewehrkolben ins Kreuz und riefen dabei: *Dawai, dawai!* Sie trieben uns auf eine große Wiese, wo schon sehr viele Menschen lagerten. Im ersten Moment dachte ich noch, es seien alles befreite Gefangene. Nein, dann erkannte ich, dass es wohl an die 1000 oder noch mehr deutsche Soldaten waren, die zusammengetrieben worden waren und dort auf der Erde saßen. Wir waren in russischer Kriegsgefangenschaft!« *Stunde Null.*

Eine andere Beschreibung des gleichen Tages: »Frieden. Nach wie langer Zeit … Denn wann der Krieg eigentlich angefangen hatte, das wußte schon keiner mehr so richtig, wahrscheinlich begann er bereits mit den Fackelzügen der Uniformierten durch die Städte des Reiches und mit den gellenden Aufrufen der Führer.

Frieden. Und dann diese unvorstellbare Stille. In der vergangenen Nacht, pünktlich um null Uhr, so hatten sie im Radio angesagt, waren die Feindseligkeiten eingestellt worden – Feindseligkeiten, was für ein ausgesprochen zurückhaltendes Wort für soviel Blut. In solcher Stille ist man versucht, nachzudenken: wie alles war, und wie es geschehen konnte, auch wie es gekommen sein mag, daß man selbst noch lebt. Das nie mehr, hatte Bertha ihm gesagt, ich bin deine Frau, hatte sie gesagt, und ich verlange von dir, daß du dich von jetzt an ruhig verhältst, die haben die Macht, das siehst du doch, und es kommt mir kein unbedachtes Wort mehr aus deinem Mund, nichts, was sie reizen könnte, du tust deine Arbeit, wenn du welche kriegst, und wartest, bis sie dich vergessen.« So werden viele Frauen und Mütter in jenen Nächten ohne Zukunft zu ihren Männern und Söhnen gesprochen haben aus Angst, aus Hoffnung, aus unbedingtem Überlebenswillen. Vielleicht auch Hulda Hegewald zu ihrem Gatten in Frauenstein / Erzgebirge, Freiberger Straße 89, Erdgeschoss links.

Reinhold Hegewald erlebte die letzten Kriegstage daheim. Er war in Frauenstein geboren, aufgewachsen, hatte geheiratet und Kinder gezeugt. Er war kein Soldat gewesen. Er war Kommunist und Baggerführer, hörte schwer und hatte unfallbedingt ein steifes Bein. In seiner Wohnung gab er in jenen Nächten Nachbarsfrauen Obdach, die sich vor der Zeit und *dem Russen* fürchteten. Sie alle saßen gedrängt um seinen Küchentisch. *Zum Wohl!* Im Wohnzimmer trank Hegewald mit seinem Untermieter Erich Jäger Schnaps aus herrenlosen Wehrmachtsbeständen. Ungewiss war ihnen, was die nächsten Tage bringen würden. Da klopfte es.

Erich Jäger: »Hegewald kam in mein Zimmer und sagte, daß ein Soldat da wäre, der hier übernachten wollte. Ich sagte zu Hegewald, er soll den Mann dort schlafen lassen, wo die beiden anderen Soldaten von der vorhergehenden Nacht geschlafen haben, und damit hatte sich die Sache für mich erledigt. Nach einiger Zeit kam Hegewald wieder in mein Zimmer und sagte zu mir, ich solle herauskommen, der Soldat wolle nicht schlafen gehen bzw. wolle zum Schlafen eine

Frau mithaben. Ich versuchte, den Soldaten zu beruhigen. Aus diesem Grunde wurden auch noch mehrere Schnäpse getrunken. Die Beruhigung gelang mir jedoch nicht, denn der Mann versuchte wiederholt, nach der Frau Hegewald zu greifen, sowie er auch zu verstehen gab, daß er eine Frau zum Schlafen haben wollte, worauf er mir an die Hand griff und den Daumen nach hinten verdrehte und mich auf das Sofa warf. Ich stand wieder auf und besah mir meinen Daumen, inzwischen hatte sich schon Hegewald mit dem Mann in den Haaren, und ich hörte nur noch einen dumpfen Knall, worauf der Mann zusammenbrach. Das war das Werk weniger Sekunden. Hegewald hat mehrmals zugeschlagen. Dieses ging so schnell, daß mir hier keine Möglichkeit blieb, helfend einzugreifen.«

Ein Polizeifoto zeigt das Tatwerkzeug: großer, metallener Aschenbecher der *Vernicklungsanstalt Wilh. Metzger Rheinstraße 24 Waldshut.* Der ist modelliert wie eine Plastik, zeigt ein Hochhausdach mit einem Zeppelin im Anflug. Er scheint schwer zu wiegen und zugleich ein Kunstwerk zu sein. Handhabbar wie eine Hantel aus dem Kraftraum.

Es ist der 8. Mai im Jahre 1945, abends gegen 22 Uhr. In Berlin-Karlshorst unterzeichnet die Führung der deutschen Wehrmacht ihre bedingungslose Kapitulation. Später wird man diesen Tag offiziell *Tag der Befreiung* nennen. Zur selben Zeit hat auch in Frauenstein / Osterzgebirge, im Haus Freiberger Straße 89, hinterm Ladenschild *Schuhwaren Strauß & Kreher* in Familie Hegewalds Wohnzimmer die *Stunde Null* geschlagen.

Reinhold Hegewald wurde am 13. Dezember 1909 in der Stadt Frauenstein geboren, und seine Biografie gleicht vielen aus dieser Zeit und Gegend: »Mein Vater Arthur Hegewald war Handelsmann und Seiler, sein Vater ebenfalls. Meine Mutter stammt aus einer Maurerfamilie. Wir waren eine kinderreiche Familie, so habe ich schon als Kind die Not und das Mitverdienen zum Leben kennengelernt. 1924 verließ ich die Volksschule und lernte bis 1927 das Seilerhandwerk. Von 1927 bis 1945 war ich im Tiefbau mit kurzen Unterbrechungen tätig. Habe als Tiefbauarbeiter angefangen, und bis zum Baggermeister habe ich mich heraufgearbeitet, damit war mein Wunsch, den ich als Kind hatte, erfüllt. Dann ich wollte gern das Schlosserhandwerk erlernen, was mein Vater aber nicht durchsetzen konnte. Durch meine Arbeit bin ich viel in Deutschland herumgekommen. Politisch habe ich mich 1927 organisiert, ich trat in die KPD ein, bis 1933. Der NSDAP habe ich nicht angehört. Am 2.10.1933 verheiratete ich mich mit der Tochter des Eisenbahners Hermann Schwarzer, Hulda Schwarzer, mit der ich ein uneheliches Kind hatte, das am 27.12.1927 geboren wurde. In meiner Ehe gebar meine Frau noch drei Kinder, zwei Jungen und ein Mädchen. Mein Leben und meine Arbeit gilt nur meiner Familie, um meinen Kindern ein besseres Leben und Zukunft zu gestalten. Mein Familienleben war gut und ist auch ohne ernste Auseinandersetzungen bis 1945 verlaufen, obwohl ich ein bißchen mehr Liebe von meiner Frau verlangt hätte, dafür gleichten meine Kinder mir das fehlende aus.

1945 wurde ich als Bürgermeister in Frauenstein eingesetzt. Dieses Amt hatte ich bis zur Wahl 1946 inne, anschließend arbeitete ich als Geschäftsführer des Kreisvorstands der SED. 1947 übernahm ich die Holzabführung des Kreises Dippoldiswalde bis zu meiner Verhaftung am 28.4.1950. Militärdienst habe ich nicht geleistet, war als arbeitsverwendungsfähig gemustert. Habe bis 1945 ein einwandfreies Leben geführt, was ich auch meiner Mutter zu Liebe getan habe, die am 4.7.1950 70 Jahre alt sein wird und 16 Kinder zur Welt gebracht hat. Was ich aber seelisch von 1945 bis zu meiner Verhaftung durchgemacht habe, läßt sich nicht niederschreiben, und auch nicht der jetzige Zustand.

gez. Reinhold Hegewald

1950: Die Kriegsjahre waren vergangen. In der Sowjetischen Besatzungszone hatte man am 7. Oktober 1949 *den ersten sozialistischen Staat auf deutschem Boden,* die DDR, gegründet. Das Leben begann seinen Gang zu gehen. Reinhold Hegewald hatten die Genossen der Partei aufgrund tadelloser Biografie und langer KPD-Mitgliedschaft an eine entscheidende Stelle des Zweijahresplanes 1949/50 gestellt. Als Bürgermeister von Frauenstein hatte Hegewald in den ersten Nachkriegsmonaten für Ordnung und Verwaltung in der Kleinstadt gesorgt. Dann hatte man ihn mit größerer Verantwortung betraut. Die Familie war deswegen in den Kreisverwaltungssitz Dippoldiswalde umgezogen. 1950 war Reinhold Hegewald im Osterzgebirge verantwortlich für die staatlichen Kontingente der Holzlieferungen.

Keiner plagt sich gerne, doch wir wissen:
Grau ist's allzeit, wenn ein Morgen naht,
und trotz Hunger, Kält und Kümmernissen
stehn zum Handanlegen wir parat.

Holz – Material, das beim Aufbau des neuen Staates helfen sollte. Denn »Holz ist weltweit vom Volumen und von der Masse her der bedeutendste Rohstoff«. Es gab guten Willen und Baupläne für kleine und Großprojekte. Die Jugendbrigaden sangen:

Fort mit den Trümmern und was Neues hingebaut!
Um uns selber müssen wir uns selber kümmern,
und heraus gegen uns, wer sich traut!

Max braucht Wasser, hieß es im thüringischen Unterwellenborn. Im nahen Höllengrund bei Eibenstock staute die FDJ in ihrem zentralen Jugendobjekt die *Kleine* und die *Große Bockau* zur *Talsperre Sosa.* Damit setzte sie ein lang gehegtes Vorhaben in die Tat um. »Von Anfang an erschwerten

Materialmangel sowie fehlende Technik und Fahrzeuge die Bauarbeiten. Dennoch gelang es, die Talsperre bereits 1952 fertig zu stellen. Seit ihrer Inbetriebnahme versorgt die Talsperre Sosa den Raum Aue-Schwarzenberg mit Trinkwasser. Ihre Hochwasserschutzfunktion ist auf das Tal der *Großen Bockau* begrenzt. Als Trinkwasserreservoir sind hier Baden oder Wassersport nicht möglich. Sie ist aber dennoch ein beliebtes Ausflugsziel.«

Holz – es war nicht nur notwendig für Sosa, auch andere Aufbauwerke der keimenden sozialistischen Planwirtschaft warteten darauf. Holz aber brauchte man auch ganz privat. Es musste geschlagen, transportiert und gelagert werden. Dazu benötigte man Sägen, Traktoren, Lkws. Deren Koordination und Überwachung oblag Genossen Hegewald in der Kreisdienststelle Dippoldiswalde, denn »wenn der Baum gefallen ist, läuft jeder hin, um Holz zu holen«. Hegewalds Verantwortung war groß.

Im ersten Quartal des Jahres 1950 fielen der Kontrollkommission Unregelmäßigkeiten im Aufgabenbereich des Genossen Reinhold Hegewald auf. Dringend nötige Maschinen waren verschwunden, und sie blieben es. Vor allem Kraftfahrzeuge standen nicht mehr genügend zur Verfügung. Gerüchte kursierten, der Klassenfeind im andern Deutschland habe sie erhalten. Genosse Hegewald sieht sich plötzlich unter Verdacht der Schieberei und illegaler Geschäfte, vor allem scheint er ideologisch die Seiten gewechselt zu haben. Das bedeutet: Verhaftung und Karriereende. Doch wird der Verdacht noch in eine ganz andere Richtung gelenkt. Am 24. März 1950 geht bei der Kreisdienststelle der Volkspolizei ein anonymes Schreiben ein.

»… da Sie in Frauenstein dabei sind, alte Sachen auszuspionieren, möchte ich Sie zu einer kriminalen Sache verhelfen. Der frühere Bürgermeister Hegewald hat 1945 in seiner Wohnung einen russischen Offizier ermordet und im Wald vergraben, Zeugen sind seine Ehefrau, sein Bruder Hubert, der Rittmeister Herrmann und Rittmeister, sein Freund, Wilhelm Schubert, seine Mutter, seine Tante Thekla. Ich darf wohl hoffen, daß die Sache auf Erklärung findet.« Man ist alarmiert und ermittelt. Zunächst den Schreiber:

»Die zur Untersuchung beigefügte Handschrift trägt weiblichen Charakter; es handelt sich demzufolge beim Schreiber derselben vermutlich um eine Frau im Alter zwischen 20 bis 35 Jahren. Schreiber ist ein Verstandesmensch und verfügt über ein gut durchschnittliches Bildungsniveau, praktischen Verstand, Festigkeit und Energie. Schreiber ist eigenwillig und zurückhaltend und zeichnet sich durch Einfachheit, Verschwiegenheit und Gewissenhaftigkeit aus.« Wer aber die Zeilen tatsächlich verfasste, das bleibt ungeklärt. Grund aber gibt es jetzt mehr als einen für Reinhold Hegewalds Verhaftung. Polizisten nehmen den 40-Jährigen am 28. April des Jahres in Dippoldiswalde fest. Er wird, aufgrund der Schwere des Vergehens, alsbald in die Landesbehörde Sachsen, ins VP-Präsidium Dresden, *Schießgasse* 7, überstellt.

Das wuchtige Sandsteingebäude entwarf Julius Temper. 1895 bis 1900 baute man. Es dominiert mit seiner dunklen Fassade den Pirnaischen Platz auch heute. Das Haus »gehört zu den staatlich-repräsentativen Gebäuden des Historismus in Dresden und trägt Stilelemente der Renaissance und des Barocks. Die beiden runden Haupttürme an den Ecken enthalten auch eine angedeutete Brustwehr und verleihen dem Gebäude einen Festungscharakter. Das Gebäude hat vier Flügel und drei Innenhöfe. Das Hauptportal an der Schießgasse ist somit nicht Giebel eines Hauptflügels, sondern füllt den Raum zwischen den beiden inneren Flügeln.« Die *Schießgasse* wurde in Sachsens Hauptstadt bald zum Synonym für Polizei. Bei den Angriffen im Februar 1945 wurde das Dresdner Polizeipräsidium nur teilweise zerstört und blieb funktionsfähig. Ein 1983 erfolgter Neubau wurde abgerissen, die Rückfront schließt an den wiedererstandenen Neumarkt mit Frauenkirche an.

In den Räumen der *Schießgasse* am 29. Juni 1950: »Aus der Haft vorgeführt wird der Hegewald, Reinhold. Nachdem er zur Wahrheit ermahnt wurde, macht er folgende Aussagen:
Zur Person: Hegewald, Reinhold Walther
geb. 13.12.09 in Frauenstein
wh. Dippoldiswalde, Goethestraße 10
Beruf: Baggermeister, z. Zt. Angestellter.
Einkommen: 380,– netto
verheiratet mit Hulda, geb. Schwarzer
wh. wie oben.
Kinder: 4 im Alter von 23, 16, 13 und 12 Jahren
Vater: verstorben
Mutter: Erna, geb. May
wh. Frauenstein, Freiberger Straße 89
Geschwister: 7
Staatsangehörigkeit: deutsch
Vorstrafen: angeblich keine

Zur Sache:
Ca. drei Wochen vor Kriegsschluß '45 kam ich in meinen Heimatort Frauenstein aus Rathen zurück. In Rathen war ich bei der Baufirma Hilmar Krauß als Baggermeister beschäftigt. Bei dieser Firma führte ich diese Tätigkeit ca. 9 Jahre aus. Soldat war ich infolge eines Unfalles im Jahre '31, wobei ich mir den Oberschenkel brach und eine Brustkorbverletzung davontrug, nicht. Weiter bin ich auf dem rechten Ohr vollkommen taub. Nach meiner Rückkehr wohnte meine Frau in Frauenstein, Freiberger Str. 89 im Erdgeschoß links. Nachdem ich in Frauenstein eingetroffen war, habe ich bis zum Kriegsschluß keine andere Arbeit aufgenommen. Ich fuhr mit meinem Motorrad des öfteren im Bereich Frauenstein und Dippoldiswalde umher, um festzustellen, wie weit die *Rote Armee* vorgestoßen ist. Ich selbst gehöre seit 1927 der KPD an. Von 1933–45 habe ich keiner Gliederung der NSDAP angehört. Hinzufügen möchte ich, daß wir nach '33

in Frauenstein uns dem *Stahlhelm* (Bund der Frontsoldaten, gegründet 1918) angeschlossen, um die SA zu untergraben. Da uns dieses nicht gelang und der *Stahlhelm* der SA angegliedert wurde, bin ich und noch einige andere wieder ausgetreten. Unter den Ausgetretenen befand sich der jetzige Kreisforstmeister von Dippoldiswalde Weber. Der größere Teil der *Stahlhelmer* ist zur SA übergetreten.

Während der drei Wochen habe ich den im gleichen Haus zur Untermiete wohnenden Jäger, Erich, in meine Wohnung aufgenommen. Der Hauptmieter des Jäger wurde zum *Werwolf* (nationalsozialistische Untergrundbewegung am Ende des II. Weltkrieges, oft brutale Einzelaktionen gegen sogenannte Volksverräter / z. B. Deserteure) eingezogen, und so mußte dieser ausziehen. Jäger war Marineangestellter. Er trug eine blaue Marineuniform mit einem Offiziersdolch. Meines Erachtens stand dieser im Offiziersrang. Jäger verwaltete die ausgelagerten Wehrmachtsgegenstände, welche im Schloß und teilweise in der Garage der Gaststätte *Goldener Löwe* untergebracht waren. Jäger bezog meine Wohnstube. Das Bett brachte er selbst mit. Jäger erklärte mir, daß er verheiratet sei und zwei Jungens habe. Er selbst sei aus Schlesien, und seine Familie wohnte zur damaligen Zeit in Berlin. Auf Grund des Benehmens und der geführten Unterhaltungen mit Jäger hatte ich den Eindruck, daß dieser für die Wehrmacht nicht viel übrig hatte. Ich konnte beobachten, daß er nicht mit *Heil Hitler* grüßte, sondern einen ganz lässigen Militärgruß erwies. Jäger erklärte mir, daß er vor 1933 in Schlesien der SPD angehört habe, diese Partei dort selbst gegründet habe. Einige Tage noch vor Kriegsschluß begann der Jäger mit der Verteilung der ausgelagerten Wehrmachtsbestände, wofür er teilweise Lebensmittel verlangte. Er unterstützte uns ebenfalls mit Lebensmitteln und Kleidungsstücken aus Wehrmachtsbeständen.« Zwielichtig und verdächtig scheint der Erich Jäger allemal. Bereits zu Kriegsende hat er Waren zu eigenem Vorteil verschoben und verkauft. Tat er auch beim Kraftfahrzeugdiebstahl nun im Jahre 1950 mit? Doch, man sagt, Jäger sei nach Berlin verzogen. All die Jahre hat ihn keiner mehr im Erzgebirge gesehen. Doch auf jeden Fall hat Jäger Kenntnis von den Geschehnissen in jener Nacht des 8. Mai 1945, der *Stunde Null.*

Reinhold Hegewald beschreibt »den Jäger wie folgt: ca. 48 Jahre alt, ca. 1.70 m groß, starke, kräftige Gestalt, dunkelblondes, nach hinten gekämmtes Haar, rundes, volles Gesicht«. Weitere Details kann er zum Untermieter nicht geben. Und über die Vorkommnisse in der Nacht des 8. Mai sagt Reinhold Hegewald:

»Gegen 22 Uhr befand ich mich mit meiner Ehefrau, meiner Tochter Renate, jetzt 23 Jahre alt, meiner Mutter, zwei Schwestern meiner Mutter mit Namen Elfriede und Liska, sowie meiner Schwester Henriette, wh. in Dresden, und Jäger, Erich, in der Wohnung. Ob meine Tochter Renate mit anwesend war, kann ich jedoch nicht mit Bestimmtheit sagen.

In meiner Wohnstube befand sich meine Frau, Jäger und ich. Die anderen hielten sich zu diesem Zeitpunkt in meiner Küche auf. Während wir uns dort aufhielten, hörten wir auf dem Korridor Geräusche. Jäger ging nach draußen und unterhielt sich mit einem Mann in ausländischer Sprache. Ich hörte von der Stube aus, daß sich Jäger mit dem Gekommenen ziemlich laut und heftig unterhielt. Daraufhin begab ich mich auch auf den Korridor. Hier stellte ich fest, daß es sich um einen Mann handelte in einem blauen Schlosseranzug. Der Mann war ca. 1.70–1.75 m groß, kräftige Gestalt, ca. 35–40 Jahre alt. Weitere Personenbeschreibung kann ich heute nicht mehr geben. Ich stellte fest, daß dieser leicht angetrunken war und vermutlich einer von den Leuten ist, die sich zur damaligen Zeit im Kreis von Frauenstein wild umhertrieben. Jäger, der, wie er selbst erklärte, aus Schlesien stammt, unterhielt sich mit dem Mann in polnischer Sprache. Ich mußte aber feststellen, daß Jäger nur wenige Worte von dieser Sprache beherrschte und daß er mit diesem nicht überein kam. Ob er unter dem Schlosseranzug eine Uniform hatte, kann ich nicht angeben. Ebenfalls habe ich bei ihm keine Waffe irgendeiner Art gesehen. Ich versuchte in deutscher Sprache, diesen Menschen mit zu beruhigen. Auf deutsch fragte dieser wiederholt: *Wo Frau?* Da ich wußte, daß sich in meiner Wohnung die angeführten Frauen befanden, versuchte ich ihn zum Schlafen zu bewegen und drängte ihn in mein Schlafzimmer und legte ihn auf das erste Bett. Hierzu wendete ich keine Gewalt an. Als ich feststellte, daß er schlief, verließ ich mit Jäger das Schlafzimmer und begab mich in die Stube zurück. Nach ca. zehn Minuten hörte ich, daß es im Schlafzimmer wieder sehr laut umging. Bei meinem Eintreffen im Schlafzimmer sah ich, daß dieser Mann wieder aufgestanden war und mit der Faust gegen den Schlafzimmerschrank schlug. Als ich es wieder im Guten versuchte, ihn zu beruhigen, wurde ich von ihm zur Seite gestoßen. Es war mir darauf nicht mehr möglich, ihn weiter in der Schlafstube zu halten. Er lief in die Stube, in welcher sich noch meine Frau und der Jäger befanden. Hier lief er sofort zu meiner Frau. Meine Frau begann zu schreien und um den Tisch herumzulaufen. Sie wurde von dem Unbekannten verfolgt. Jäger versperrte ihm den Weg. Daraufhin entwickelte sich zwischen Jäger und dem anderen ein heftiger Wortwechsel, der mit Faustschlägen endete. Ich sah, wie der Jäger einen heftigen Schlag gegen sein Kinn erhielt. Daraufhin schlug Jäger ebenfalls kräftig zurück und schrie um Hilfe. Soviel ich mich entsinnen kann, gelang es meiner Frau in der Zwischenzeit, während sich Jäger mit diesem schlug, aus der Stube zu flüchten. Ich selbst sah der Schlägerei kurze Zeit zu und eilte im Anschluß dem Jäger zur Hilfe. Ich nahm vom Tisch einen Aschenbecher und schlug dem Unbekannten mit diesem auf den Hinterkopf. Nach diesem Schlag fiel der Unbekannte zu Boden. Soviel ich noch weiß, hat Jäger ebenfalls vermutlich mit einer Beißzange auf diesen eingeschlagen. Nach dem Zusammensacken lag dieser bewegungslos am Boden. Es wurde weder von mir noch vom Jäger auf ihn weiter eingeschlagen. Jäger gab mir sofort den Auftrag, die Frauen in der Küche einzuschließen, damit sie dieses, was geschehen war, nicht zu sehen bekamen. Als ich wieder in die Stube zurückkam, erklärte Jäger, daß der Unbekannte tot sei. Auf dem Fußboden und an der Kleidung des Unbekannten sah ich Blut. Vermutlich muß dieses aus Nase oder Mund gekommen sein. Irgendwelche Verletzungen im Gesicht oder am Kopf habe ich nicht festgestellt. Jäger hatte, während ich die Küchentür geschlossen hatte, schon eine Decke über den Toten gelegt. Er schrie mich an: ›Der muß sofort weg!‹ und machte den Vorschlag, den Leichnam in die Jauchengrube zu werfen. Jäger lief an die Haustüre und überzeugte sich dort, daß niemand ins Haus eintritt. Die Haustüre ging schlecht zuzuschließen. Als wir feststellten, daß Ruhe im Haus war, schafften wir gemeinsam den Toten in den Hof und warfen ihn in die im Hof befindliche Jauchengrube, welche halbvoll war. Im Anschluß verdeckten wir wieder die Grube und liefen wieder in die Stube zurück, wo ich sofort das Blut aufwischte. Nachdem haben wir die Frauen aus der Küche gelassen. Von Jäger wurde ich beauftragt, über den Vorfall mit niemandem zu sprechen.«

Jauchengruben besaßen dazumalen jedes Haus und jeder Hof. Kaum eine Wohnstatt, kaum ein Stall waren dieser Zeit an die kommunale Wasser- und Abwassernetze angeschlossen, selbst wenn diese existierten. Manch einer konnte gar erst nach 1990 auf eigne Kosten diese Rohre legen lassen. Plumpsklos befanden sich nicht in unmittelbarer und nächster Nähe, sondern auf halber Treppe oder im Hof, nahe der Hintertür neben dem Misthaufen. Die Fäkaliengruben waren ausgemauert und mit einem Deckel versehen. Im Hof Freiberger Straße 89 maß sie 55 x 55 cm im Quadrat. Darunter sammelte sich auch das Regenwasser aus Dachrinnen und Abflussrohren. Wenn die Grube vollgelaufen, wurde abgepumpt oder per Schöpfeimer am Stiel geleert. Bauern verteilten die erhaltene Gülle auf den Feldern. Hegewald und Komplize Erich Jäger kam der hauseigene Abort für den unbekannten Toten recht. Sie entsorgten dessen Leiche von keinem bemerkt in dieser Grube, während Gattin Hulda in Wohnung und Hausflur die Blutspuren verwischte. Doch Reinhold Hegewald belastet das Geschehene. Er kann Jägers Schweigegebot nicht Folge leisten.

»Ich konnte selbst dieses Ereignis nicht für mich behalten, sondern erzählte es meiner Frau bestimmt und den anderen Frauen ganz wahrscheinlich auch mit. Der Jäger machte mir daraufhin die bittersten Vorwürfe und erklärte, daß wir bestimmt jetzt, wenn es sich bei dem Unbekannten um einen russischen Soldaten gehandelt hat, nach Sibirien gebracht werden. Da Jäger mir diesbezüglich keine Ruhe ließ, hielt ich es zu Hause nicht mehr aus und verließ nach zwei Tagen meine Wohnung. Stundenlang lief ich wahllos in Frauenstein umher. Nachdem begab ich mich zu dem Viehhändler Kohlbrecht, Arthur, Frauenstein. Dieser fragte mich: ›Reinhold, was ist mit dir los?‹ Ich entsinne mich, daß bei dem Kohlbrecht noch andere Leute anwesend waren, die ich namentlich nicht mehr nennen kann. Kohlbrecht gab ich zur Antwort, daß etwas Furchtbares passiert sei. Daraufhin erzählte ich ihm den Vorfall in der gleichen Weise, wie ich ihn heute angeführt habe. Am gleichen Tag in den Nachmittagsstunden lief ich von dem Kohlbrecht aus auf den Friedhof. Dort traf ich den Friedhofshelfer Herrmann, Fred, wh. Frauenstein, der mit noch einigen Leuten auf dem Friedhof beschäftigt war. Die Namen der anderen kann ich nicht angeben. Den Herrmann und vermutlich noch einem habe ich ebenfalls den Vorfall erzählt. Vom Friedhof aus bin ich wieder nach Hause gegangen. Der Jäger und meine Frau waren anwesend. Ich sagte, daß ich den Vorfall während meiner Abwesenheit auch anderen Leuten erzählt habe. Jäger gab zur Antwort: ›Bist du denn verrückt geworden?‹ und machte den Vorschlag, daß der Tote schnellstens aus der Jauchengrube rausgenommen werden muß. Ein paar Tage später haben wir den Toten in der Nachtzeit gemeinsam mit dem Friedhofsmeister Herrmann, dessen Bruder, meinem Bruder Hubert und dem Jäger aus der Jauchengrube herausgeholt und nach dem Friedhof geschafft. Dort wurde er von Herrmann beerdigt. Der Leichnam wurde mittels eines Leiterwagens befördert. Kurze Zeit später hatte ich einen Nervenzusammenbruch und war ca. 14 Tage bettlägerig. Die Behandlung wurde von einem Flüchtlingsarzt, der sich zur damaligen Zeit in Frauenstein aufhielt, übernommen. Später erfuhr ich, daß sich dieser Arzt selbst vergiftet hat.«

Reinhold Hegewald ist als Eingesessener im Dorfe gut vernetzt. Man kennt sich, hilft einander, gibt guten Rat. So war es auch möglich, die Leiche des Unbekannten ohne Aufsehen und Nachfragen zu beseitigen. Friedhofsarbeiter Fred Herrmann bestattet nach Transport den Toten im Grab der unbekannten sowjetischen Soldaten auf dem Friedhof Frauenstein. Trotz illegalem Begräbnis und der Verwischung aller Spuren kommt Reinhold Hegewald nicht zur inneren Einkehr. Er wird krank, liegt im Bett und quält sich. Alles fällt ihm schwer und schmerzt. Alpträume schrecken ihn und furchtbare Gedanken. Die ohnehin schlechte Beziehung zu seiner Frau gibt keinen Halt. Die Kinder dürfen nichts erfahren. Die Freundschaft mit Erich Jäger bekommt Risse, sie war ohnehin nie fest gewesen, sondern aus Überlebensnotwendigkeit entstanden. Hegewalds beschließen, den Frauenstein zu verlassen und kriechen bei Verwandten unter. Perspektive verschafft diese Flucht keinem, am allerwenigsten Reinhold Hegewald. Er kehrt zurück, die Frau und Kinder folgen nur Tage später. Keine fünf Nächte haben sie außerhalb geschlafen. In ihrer eigenen Wohnung empfängt sie Erich Jäger.

Da Kämpfe und Kriegschaos vorbei, beginnt das gesellschaftliche Zusammenleben in der Stadt wieder nach Regeln zu verlaufen. Seiner Gewissensqual zum Trotz tut Hegewald daran aktiv mit. »Was war denn an Männern überhaupt vorhanden, die in der gegebenen Lage aktiv werden konnten? Die Alten und Kranken, die Lahmen und Verkrüppelten, all das, was unter dem Stichwort wehruntauglich lief; denn eine recht gemischte Gesellschaft von Leuten, die von den Chefs ihrer Firmen als unabkömmlich für die Waffenproduktion reklamiert worden waren, in der Fabrik von Münchmeyer und in den ESEM-Werken machten sie ja bis in den April hinein, bis der Strom ausfiel, Granaten, Spezialgewehre und Torpedoteile; und schließlich wir, die politisch Gebrandmarkten: geheimpolizeilich als nicht genügend gefährlich eingestuft, um in Gefängnisse und Konzentrationslager abgeschoben zu werden, dennoch aber als wehrunwürdig betrachtet und so auch in unseren Papieren bezeichnet«, erklärt ein Genosse Hegewalds die Personalsituation jener Tage. Die Besatzer setzten die in ihren Augen Zuverlässigen in die Ämter ohne nachzufragen ein. Über die Folgen, die eine Ablehnung des Amtes heraufbeschwören konnte, dachten die Betroffenen nicht nach, weil sie nicht darüber nachdenken wollten.

»Hinzufügen möchte ich«, sagt Reinhold Hegewald im polizeilichen Verhör am 29. Juni 1950, »daß ich, bevor ich krank wurde, in Frauenstein die Bevölkerung zusammengerufen habe und gründete hier die Ortsgruppe der KPD Frauenstein. Ich selbst wurde mehrere Tage später von der Kommandantur in Frauenstein als Bürgermeister eingesetzt und war somit tagsüber bis spät in die Nacht sehr viel unterwegs. Der Jäger hat sich durch den Verkauf von Wehrmachtsgegenständen einen reichlichen Geldbetrag verschafft. Des weiteren hatte er sich vom Bahnhof ebenfalls aus Wehrmachtsbeständen mit reichlich Schnaps versorgt. Am Aufbau beschäftigte er sich nicht. Er trieb sich nur in meiner Wohnung umher, aß gut und trank den Schnaps aus Weingläsern. Ich selbst war nicht in der Lage, irgendwelchen Druck auf Jäger auszuüben. Dieses wußte er auch, und somit führte er ein liederliches Leben.« Dieses Doppelleben und die Selbstvorwürfe führt das Ehepaar Hegewald auch privat in die Katastrophe.

»Nach ca. zwei bis drei Monaten nach dem Vorfall verließ Jäger Frauenstein und fuhr nach Berlin. Kurze Zeit später erschien er wieder in Frauenstein und wohnte im Hotel *Goldener Stern*. Er forderte meine Frau auf, bei ihm zu kochen. Während der Zeit, als Jäger in Berlin war, schrieb er Briefe an meine Frau, aus denen ich feststellen konnte, daß Jäger wahrscheinlich ein intimes Verhältnis hat. Auch jetzt nahm Jäger wieder keine Arbeit auf und lebte in der gleichen Weise wie angeführt weiter. Nachdem er ca. drei Wochen in Frauenstein wohnte, fuhr er wieder zurück nach Berlin. Auf diese Fahrt nahm er meine Frau mit.«

Schon länger hatten sich die Eheleute nichts mehr zu sagen. »Obwohl ich ein bißchen mehr Liebe von meiner Frau verlangt hätte«, deutet diese Diskrepanzen an. Reinhold Hegewald arbeitete nicht vor Ort in Frauenstein, sondern zuletzt als Baggerführer außerhalb in Rathen, Sächsische Schweiz. Es waren Tage, Monate ohne Gemeinsamkeiten. Überleben musste gesichert werden. Untermieter Erich Jäger erschien der Frau daheim als krasses Gegenteil zum abwesenden Gatten: Jäger war einer, der das Leben nicht allzu ernst nahm, es genoss und Charme versprühte. Warum sollte der Alkohol unnütz im Transportwaggon vergammeln? Im Wehrmachtsauftrag sicherte Jäger Lebensmittel für die Front. Die Wehrmacht hatte seit dem 8. Mai nicht mehr zu kämpfen, löste sich auf. Nach der Kapitulation nahm Jäger sich von den Lebensmitteln, was er brauchte, er verkaufte und verschenkte. Auch Familie Hegewald profitierte von diesem illegalen Handel. Die Eheleute hielten den Offizier in Haus und Wohnung, beengten sich freiwillig wohl auch solcher Vorteile wegen. Beim Leben auf engstem Raum kommt es zwangsläufig zu Intimitäten, erfährt und sieht man mehr vom Fremden, als man möchte. Hulda Hegewald entdeckte Gefühle, die Erich Jäger vielleicht provozierte. Sie glaubte seinen Worten und den Zukunftsmalereien. Sie hatte einen Versehrten an ihrer Seite und vier halbwüchsige Kinder. *Jetzt oder nie!* Flucht nach Berlin war ihr Ausweg und Beginn eines neuen Lebens. Berlin – eine Verheißung. *Stunde Null.*

Manch Augenzeuge glaubte nach der dauernden Schlacht um die Reichshauptstadt, dass Berlin nie wieder aufzubauen sei. Doch bereits im Jahrhundertsommer '45 war die Stadt wieder Treffpunkt und Schmelztiegel. Glücksritter trafen sich und Künstler. Berlin versprach die Erfüllung von zerstörten Träumen. Zarah Leander sang noch in den Köpfen:

Davon geht die Welt nicht unter
Sieht man sie manchmal auch grau
Einmal wird sie wieder bunter
Einmal wird sie wieder himmelblau
Geht's mal drüber und mal drunter
Wenn uns der Schädel auch raucht
Davon geht die Welt nicht unter
Sie wird ja noch gebraucht.
Davon geht die Welt nicht unter
Sie wird ja noch gebraucht.

Theater spielten in Ruinen. Trümmerfrauen klopften Ziegel. Straßenbahnen quälten sich durch Schutt und Asche. Auf Schwarzen Märkten machte man, was man noch hatte, zu Geld und tauschte: Bettzeug, Schmuck, paar alte Schuhe. Verbrecher gaben Zigaretten, falsches Geld und verdorbene Medizin.

Am 9. April 1947 meldete der Deutsche Pressedienst: »Eine 24stündige Razzia gegen kriminelle Elemente wird von Mittwoch 21 Uhr bis Donnerstag 21 Uhr in ganz Berlin von Polizei und Militär aller vier Besatzungsmächte durchgeführt, gab am Mittwochabend der stellvertretende amerikanische Militärgouverneur, General Keating, bekannt. Die Razzia, die von der Kommandatura wegen des Überhandnehmens der Kriminalität in Berlin, besonders im Sowjetsektor, beschlossen wurde, richtet sich sowohl gegen gesuchte Verbrecher unter der deutschen Bevölkerung als auch gegen Deserteure der Besatzungsarmeen. 1000 amerikanische Militärpolizisten, 147 Offiziere und Mannschaften der amerikanischen Armee und 40 Zivilisten werden allein im amerikanischen Sektor Berlins eingesetzt, um Schwarzmarktzentren, anrüchige Häuser, Klubs, unter Verdacht stehende Gebäude, Läden, Garagen usw. zu durchsuchen. In jedem der vier Sektoren kommt die gesamte deutsche Polizei zum Einsatz.«

Während sich die westlichen Behörden auf Altkader auch bei der Polizei verließen, brauchte man in Ostberlin dringend neues Personal und annoncierte: »Für den Polizeidienst werden gesucht: Männer im Alter von 21 bis 45 Jahren zur Einstellung in die Schutzpolizei. Anwärter aller Zweige des Polizeiverwaltungs-Kriminaldienstes. Volljuristen. Ärzte, Zahnärzte u. Veterinäre, Photographen u. Laborgehilfen, eine größere Anzahl von Schneidern und Schuhmachern. Perfekte Stenotypistinnen. Bewerberinnen und Bewerber wollen sich persönlich unter Vorlage eines selbstgeschriebenen Lebenslaufes im Personalbüro des Polizeipräsidiums Berlin N4, Linienstraße 83/85 melden.«

Trotz neu eingestellten Personals und Razzien blühte der illegale Handel prächtig. Die alliierten Siegermächte hatten Berlin 1945 in Sektoren aufgeteilt und sorgten für ihre Soldaten und die Bevölkerung im Rahmen ihrer Möglichkeiten. Auch die spätere Gründung zweier deutscher Staaten änderte am Krisenherd wenig. Vielmehr schufen diese neue Möglichkeiten des Verdienstes über die Sektorengrenzen hinweg. Beide Länder druckten ihre eigene Währung. Für Westgeld bekam auch der Ostbürger manches, was er im heimischen Laden nicht sah: Kaffee, Cognac, Nylonstrümpfe. In jenem Berlin lebt Erich Jäger, ist im Zentrum der Großstadt mittendrin, am Puls der Zeit. Es geht ihm gut.

Frauenstein ist Kleinstadt, liegt im Erzgebirge nah an der Landesgrenze, Zonenrand. Hulda Hegewald versucht mit ihrem Untermieter den Ausbruch aus Provinzmilieu und Ehealltag. Erich Jäger scheint die Gefühle der frustrierten Gattin zu erwidern, ja, er kämpft um sie. Jäger schreibt ihr, drängt und holt Hulda Hegewald endlich zu sich heim in die große Stadt, den Sehnsuchtsort.

Erntedankfest, Stimmung, Volk auf Markt und Straßen. Bürgermeister Reinhold Hegewald muss zu den Feierlichkeiten offiziell die Staatsmacht repräsentieren. Er ist nicht zu Hause, unterwegs bei Bier und Schnack. Hulda und Erich vertrauen einander, verlassen diesen Ort und tauchen in der Millionenstadt unter, um ihr neues Leben zu beginnen. Hulda wollte so nicht länger. Sie schlug alle Türen zu in Frauenstein, Freiberger Straße 89. In den leeren Zimmern seiner Wohnung hockt nun Gatte Reinhold und versteht die Welt nicht mehr.

»Das Weggehen meiner Frau teilte ich am gleichen Tage meinen Schwiegereltern mit. Mein Schwager Eduard Schwarzer, wh. Dresden, Danziger Straße 6, fuhr am gleichen oder nächsten Tag nach Berlin, um meine Frau zurückzuholen. Er kam auch sofort wieder mit meiner Frau von Berlin zurück und fragte mich, ob ich gewillt bin, meine Frau wieder aufzunehmen. Er bestätigte mir, daß der Jäger mit meiner Frau kaum zusammengekommen sein kann, da er sie sofort wieder geholt hat. Ich nahm meine Frau unter der Bedingung, daß sie die Hände von dem Jäger läßt, wieder auf. Mein Schwager erklärte mir, daß er meine Frau in Berlin in einem Grundstück Bornholmer Str. angetroffen hat. Dort sind wahrscheinlich Verwandte von dem Jäger wohnhaft. Die genaue Anschrift kann mein Schwager oder meine Frau sagen. Seit dieser Zeit habe ich den Jäger nie wieder gesehen. Der Jäger schrieb die erste Zeit wiederholt an meine Frau. Es gelang mir aber, diese Briefe abzufangen. Dieses muß der Jäger gemerkt haben, da er im Anschluß über eine dritte Person, Frau Anneliese May, wh. Frauenstein, versuchte, meiner Frau Briefe zuzustellen. Die May händigte jedoch diese Briefe mir aus. Jäger versuchte, durch dauernde Drohungen mich in Aufregung zu bringen. Meine Aussagen entsprechen der Wahrheit, was ich mit meiner Unterschrift bestätige.« Hegewalds Unterschrift scheint zittrig.

Befragt zum Sachverhalt wird später Eduard Schwarzer, der Bruder der untreuen Ehefrau. Fünf Jahre sind seit dieser Flucht vergangen. »Aufgesucht wurde

Schwarzer, Woldemar, Eduard
geboren 1. April 1901 in Neu-Clausnitz
wh. Dresden-Bühlau, Danziger Str. 6

Zur Sache:
Anfang Nov. 1945 befand ich mich in Naundorf bei meinem Bruder Hans mit seiner Frau zur Kirmes. In den Abendstunden erschien dort mein Schwager Hegewald, Reinhold. Dieser erklärte mir, daß seine Ehefrau mit einem Mann namens Jäger, Erich, seine Wohnung in Richtung Berlin verlassen hat. Der Hegewald bat mich, seine Frau von Berlin zurückzuholen, da es sich hier um meine Schwester handelte, und ich wußte, daß Kinder vorhanden waren, habe ich zugesagt und fuhr am übernächsten Tag nach Berlin. Hegewald hat mir damals die Anschrift des Jäger genannt, bin aber nicht in der Lage, diese wiederzugeben. Ich entsinne mich aber, daß ich diese Anschrift noch zu Hause liegen habe. In Berlin-Teltow stieg ich aus, fand dort aber nicht die von Jäger genannte Straße. Im Anschluß fuhr ich zurück nach Berlin. Die von Hegewald, Reinhold, genannte Anschrift konnte ich auffinden. Es handelte sich um eine Hauptstr., ca. drei Minuten vom Anhalter-Bahnhof entfernt. Soviel ich feststellen konnte,

handelte es sich hier um einen Schwager von Jäger, Erich. Er wohnte in einem größeren Grundstück im I. Stock. Er öffnete selbst und erklärte, daß Jäger vermutlich bei seiner Schwester wohnt. Hinzu fügte er, daß diese nur fünf Minuten von hier entfernt wohnt. Ich bat ihn, mich nach dort zu führen. Es war schon dunkel, der Schwager ging bis vor das Grundstück mit, klingelte und begrüßte seine Schwägerin. Im Anschluß verabschiedete er sich wieder. Ohne erst lange mit der Schwägerin zu sprechen, begab ich mich sofort in das Grundstück und lief in die Wohnung der Schwägerin nach dem I. Stock. Hegewald hatte mir den Jäger beschrieben. Ich wußte, daß es sich um einen großen, kräftigen Mann handelt. Bei Betreten der Wohnung sah ich meine Schwester sitzen, ebenfalls einen großen, kräftigen Mann. Andere Personen waren nicht anwesend. Meine Schwester forderte ich auf, sich anzuziehen und mit mir nach Frauenstein zurückzufahren. Jäger erklärte, daß es in der Nachtzeit keine Abfahrtsmöglichkeit gibt. Hierauf erklärte ich, daß wir dann im Hotel verbleiben, was jedoch nach Angaben der Jäger nicht möglich war. Ich verblieb diese Nacht mit in der Wohnung der Schwägerin des Jäger und am nächsten Nachmittag fuhr ich dann mit meiner Schwester nach Frauenstein zurück. Weshalb meine Schwester von ihrem Mann gegangen ist, kann ich nicht angeben. Ebenfalls ist mir nicht bekannt, was Jäger und Hegewald getätigt haben. Ich wußte nur, daß der Jäger kurze Zeit bei meinem Schwager gewohnt hat. Weitere Angaben kann ich nicht machen und bestätige die Richtigkeit meiner Aussagen mit meiner Unterschrift.«

Fakten zum Tod des Unbekannten 1945 oder dem Wirtschaftsvergehen Hegewalds jetzt im Jahre 1950 kann Schwager Schwarzer keine geben. Die kriminalpolizeilichen Ermittlungen gehen in beiden Fällen weiter. Routine sind sie nicht. Zum einen Mord, zum anderen Schädigung des sozialistischen Aufbauwerks – beides Kapitalverbrechen und ideologisch von Interesse. Gerüchte kursieren bereits und nicht nur in Frauenstein. So schreiben die Kriminalisten am 3. Juli 1950 betreffs der *Körperverletzung mit tödlichem Ausgang* der Staatsanwaltschaft:

»Es wird gebeten, den anonymen Brief sowie das Geständnis und die Vernehmung des Hegewald, Reinhold, zur Kenntnis zu nehmen. Hegewald befindet sich seit 28.4.50 wegen Wirtschaftsvergehen in Dippoldiswalde in Haft. Der Vorgang hierzu wurde vom VPKA Dippoldiswalde Abtlg. K bearbeitet. Am 27.6.50 wurde Hegewald auf Veranlassung der MK Dresden von Dippoldiswalde nach Dresden überführt. Aus dem Geständnis sowie der Vernehmung des Hegewald geht hervor, daß dieser mit dem Jäger, Erich, am 8.5.'45 in den Abendstunden in einer Wohnstube eine unbekannte männliche Person mit einem Schlosseranzug bekleidet, nach kurzem heftigen Wortwechsel, mit einem Aschenbecher niedergeschlagen hat. Als beide feststellten, daß der Getroffene verstorben war, brachten sie ihn in die Jauchengrube. Einige Tage später haben sie ihn von dort im Beisein des Friedhofsmeisters auf den Friedhof überführt. Hegewald erklärt, daß der Unbekannte eine ausländische Sprache gesprochen hat. Sie konnten aber nicht feststellen, welcher Nationalität diese Person angehörte.

Es wird gebeten für den Hegewald, Reinhold, den richterlichen Haftbefehl auszustellen. Die Ermittlungen sowie die Fahndung nach dem Jäger, Erich, sind von Seiten der MK Dresden im Gange. Nach Ausstellung des richterlichen Haftbefehls wird um Rücksendung des Vorgangs zur weiteren Bearbeitung gebeten.« Keine Frage: Der Haftbefehl wird ausgestellt.

Hegewalds Familie konfrontieren die Ermittler mit unangenehmen Fragen. Mutter Erna handelt, wie das Gesetz auch im Sozialismus nahen Verwandten die Möglichkeit gewährte. Sie verweigert die Aussage:

»In der Wohnung aufgesucht wird die Hegewald, Erna.

Nachdem sie zur Wahrheit ermahnt wurde, macht sie folgende Aussagen:

Zur Person: Hegewald, geb. Krauß, Minna, Erna
geb. 4. Juli 1880 in Frauenstein
wh. Frauenstein, Krs. Dippoldiswalde, Postplatz 88

Zur Sache:

Auf die gestellte Frage, was kurz nach Kriegsschluß in der Wohnung meines Sohnes Reinhold, welcher damals in Frauenstein, Freiberger Str. 89, Erdg. links wohnhaft war, in den Abendstunden vorgefallen ist, gebe ich zur Antwort, daß ich hierüber die Aussage verweigere, da es sich hier um meinen Sohn handelt. Ich gebe zu, daß ich an diesem Abend kurze Zeit von meiner Wohnung aus, welche nur eine Minute entfernt von der Wohnung meines Sohnes liegt, bei meinem Sohn war. Eine weitere Vernehmung ist zwecklos.

Anschließend wird der Hegewald, Hubert, gehört. Er gibt, zur Wahrheit ermahnt, folgendes an:

Zur Person: Hegewald, Hubert, Gotthilf
geb. 3.3.1913 in Frauenstein
wh. Sosa / Erzgeb. Baracke 6 / 3
(beinamputiert – Kriegsverletzung)

Zur Sache:

Ca. vier Wochen vor Kriegsende kam ich in Frauenstein an. Vorher habe ich mich auf Grund meiner Beinverletzung in einem Lazarett in Treptow (heute Trezbiatów / VR Polen) an der Ostsee aufgehalten. Bis August '45 habe ich bei meiner Mutter in Frauenstein, Postplatz 88, Hinterhaus – ich möchte berichtigen – im Vorderhaus/Erdgeschoß rechts gewohnt. Mein Bruder Reinhold wohnte zur damaligen Zeit ebenfalls in Frauenstein, Freiberger Str. 89 im Erdg. links. An verschiedenen Tagen bin ich mit diesem Bruder tagsüber zusammengekommen. Ich habe ihn auch einige Male am Tage in der Wohnung aufgesucht. Mein Bruder wurde von den hier liegenden Einheiten der Besatzungsmacht als Arbeitseinsatzleiter und zur späteren Zeit als Bürgermeister eingesetzt. Die auszuführenden Arbeiten wurden von der Besatzungsmacht verteilt.

Wenn mir erklärt wird, daß ich im Beisein meines Bruders Reinhold und des Friedhofsmeisters Herrmann, Fred, zur Nachtzeit eines Tages kurz nach dem Umbruch einen Leichnam aus der Jauchengrube des Grundstücks Freiberger Str. 89, in welchem mein Bruder Reinhold wohnhaft war, herausgezogen habe und diesen mit den angeführten Leuten nach dem Friedhof überführt haben soll, möchte ich hierzu sagen, daß dieses in keiner Weise der Wahrheit entspricht. Wenn mein Bruder Reinhold behauptet, daß ich diesen Abend mit anwesend war und infolge meiner Beinverletzung nur Posten gestanden hätte, so erkläre ich hierzu, daß er niemals solche unwahren Behauptungen aufstellen kann. Erst in diesem Jahr erfuhr ich in der Stadt Frauenstein, daß mein Bruder Reinhold kurz nach dem Umbruch '45 einen Angehörigen der Besatzungsmacht, welcher angeblich seine Frau vergewaltigen wollte, in seiner Wohnung erschlagen hat: Bei der Tatausführung sei noch ein Marineangehöriger, welcher dick war, anwesend gewesen. Der Tote sei in die Jauchengrube geworfen worden. Von wem ich dies erfahren habe, kann ich heute nicht mehr angeben.

Meine Aussagen entsprechen der reinen Wahrheit, was ich mit meiner Unterschrift bestätige.« Zweifel an Bruder Huberts Aussage bleiben, das Gegenteil zu beweisen aber ist den Volkspolizisten unmöglich. Damit kehrt Hubert Hegewald in die Bracke 6/3 zurück und arbeitet weiter mit am zentralen Jugendobjekt der FDJ: Talsperre Sosa.

Bau auf, bau auf,
bau auf, bau auf,
Freie Deutsche Jugend,
bau auf!

»In der Polizeiwache Frauenstein wird die Wiegand, Elfriede, gehört. Nachdem sie zur Wahrheit ermahnt wurde, macht sie folgende Aussagen:
Zur Person: Wiegand, geb. Matthes, Elfriede, Amalie
geb. 6.5.1891 in Frauenstein
wh. Frauenstein, Markt 66

Zur Sache:
Ich entsinne mich eines Abends kurz nach Kriegsende mit meiner Mutter gemeinsam die Wohnung des Hegewald, Reinhold, aufgesucht zu haben. Als ich dort eintraf, waren der Hegewald, Reinhold, mit seiner Ehefrau sowie der mir bekannte der Jäger, Erich, in der Wohnung anwesend. Im Laufe des Abends erschienen in dieser Wohnung die Frau Erna Hegewald, Gertrud Göhler und verschiedene mir unbekannte Flüchtlingsfrauen. Die Angeführten wohnten zur damaligen Zeit alle in Frauenstein und verblieben an diesem Abend in der Küche des Hegewald, Reinhold. Der Grund hierzu war, daß alle genannten Frauen zur damaligen Zeit infolge der Kriegswirrnisse in ihren eigenen Wohnungen Angst hatten. Ich entsinne mich, daß Hegewald mit seiner Ehefrau sowie der Jäger sich in seiner Stube aufgehalten haben. Ebenfalls kann ich angeben, daß an diesem Abend in der Küche eine männliche Person von ca. 30 Jahren, ca. 1.70 m groß, kräftige Gestalt, dunkel bekleidet, mit Stiefeln, soweit ich mich entsinnen kann, ohne Kopfbedeckung und ohne Koppel erschien. Der Gekommene war mir unbekannt. An der Bekleidung sowie an der Sprache stellte ich fest, daß es sich hier um einen Angehörigen der Besatzungsmacht handelt. Vermutlich hatte dieser einige Auszeichnungen auf der Bluse in Form von Medaillen. Der angeführte erschien ca. dreimal in der Küche und hielt sich immer kurze Zeit auf. Ich stellte fest, daß dieser angetrunken war und die Absicht hatte, aus dem Kreis der angeführten Frauen eine Frau für sich herauszuholen. Er versuchte, einzelne Frau-

en mit sich zu ziehen, wandte aber hierzu keine besondere Gewalt an. Vom Hegewald und Jäger wurde dieser, da wir Frauen verschiedene Male schrien, herausgeholt. Von Hegewald und Jäger wurde keine Gewalt angewendet, um den Unbekannten aus der Küche herauszuholen. Nachdem sich die Familie Hegewald mit Jäger und dem Unbekannten in der Stube befanden, hörte ich in der Küche ein Poltern und Herumrumoren aus der Stube, welches eine Zeit anhielt. Als Jäger mit dem Hegewald das letzte Mal in der Küche war, um den Unbekannten herauszuholen, stellte ich fest, daß auch die beiden stark angetrunken waren. Wahrscheinlich haben beide Männer mit dem Unbekannten im Beisein der Frau Hegewald in der Stube Schnaps getrunken. Bei dem Unbekannten habe ich keine Flasche Schnaps gesehen. Ich möchte bemerken, daß kurz vor Kriegsschluß ein Güterzug mit Wehrmachtsgut, unter dem sich sehr viel Schnaps befand, in Frauenstein abgestellt wurde und von der Bevölkerung geplündert wurde. Ich vermute, daß auch Jäger und Hegewald sich von diesem Schnaps geholt haben. Nachdem der Unbekannte letztmalig in der Küche war, baten wir Hegewald, die Küche abzuschließen, was auch von ihm getan wurde. Bis zum Morgen ist außer dem Hegewald, der einmal hereinkam, um eine Decke in einem Eimer oder Asch einzuweichen und eine neue zu holen, niemand in die Küche gekommen. Ich sah, daß die Decke, die Hegewald einweichte, mit Blut getränkt war, da das Wasser rot aussah. An dem Abend habe ich sowie die anderen nicht nach der Herkunft des Blutes sowie nach dem Verbleib des Unbekannten gefragt. Am nächsten Tag erzählte mir Hegewald selbst, daß sie den Unbekannten nach Verlassen der Küche in der Stube mittels eines Aschenbechers erschlagen haben. Wer mit dem Aschenbecher zugeschlagen hat, hat mir Hegewald nicht gesagt. Er fügte aber hinzu, daß sie den Toten in eine Jauchengrube geworfen haben. Nach diesem Gespräch erhielt ich von Hegewald nicht den Auftrag, über das Gesprochene zu schweigen. Soviel mir bekannt ist, hat Hegewald diesen Vorfall auch anderen Personen erzählt. Ob der Leichnam noch heute in der Jauchengrube ist oder herausgeholt wurde, weiß ich nicht. Weitere Aussagen hierzu kann ich nicht machen. Meine Angaben entsprechen der Wahrheit, was ich mit meiner Unterschrift bestätige.

Nachsatz: Ich möchte noch anfügen, daß meine Mutter, die an dem Abend bei Hegewald in der Wohnung mit anwesend war, im Jahre 1949 im Alter von 92 Jahren verstorben ist.«

Ersichtlich, für welchen Verdacht die Polizei Bestätigungen sucht: »Im Anschluss wird der Herrmann, Fred, gehört. Nachdem er zur Wahrheit ermahnt wurde, macht er folgende Aussagen.

Zur Person: Herrmann, Fred Adolf
geb. 9. Juli 1896 in Frauenstein
wh. Frauenstein, Krs. Dippoldiswalde, Hospitalgasse 132

Zur Sache:
Seit 1924 bin ich Friedhofsmeister in Frauenstein. Gleich nach Kriegsschluß wurde ich vom Rathaus Frauenstein verständigt, aus dem Umkreis von Frauenstein Leichen zu bergen. Bei den Leichen handelt es sich um ehemalige deutsche Soldaten sowie Zivilisten sowie Angehörige der *Roten Armee*. Der größere Teil der Leichen war flach in Straßengräben oder in verschiedenen Grundstücken eingegraben. Die Leichen selbst hatten wir mittels eines Handwagens nach dem Friedhof Frauenstein überführt. Hierbei wurde ich verschiedene Male von meinem Bruder Heinz und dem Wiegand, Herbert, Schubert, Walter unterstützt. Die angeführten waren zur damaligen Zeit in Frauenstein wohnhaft. Ich entsinne mich, daß wir zur angeführten Zeit auch Tote, die in ihren Wohnungen Selbstmord verübt hatten, herausgeholt haben.

Mir ist bekannt, daß der Hegewald nach Kriegsschluß in

Frauenstein in dem Grundstück Freiberger Str. 89 im Erdg. links wohnhaft war. Ebenfalls ist mir der Hof des Grundstückes bekannt. Wenn mir heute erklärt wird, daß ich kurz nach Kriegsschluß in der Nachtzeit mittels eines Leiterwagens im Beisein des Reinhold und eines Bruders von mir eine Leiche von dort nach dem Friedhof überführt habe, so erkläre ich hierzu, daß dieses in keiner Weise der Wahrheit entspricht. Nachdem mir nochmals erklärt wird, daß dieses der Hegewald Reinhold selbst ausgesagt hat, so möchte ich nochmals betonen, daß die Aussagen des Hegewald nicht der Wahrheit entsprechen. Ein Mann namens Jäger, Erich, ist mir bekannt. Dieser wohnte zur damaligen Zeit bei Hegewald, Reinhold, und trug vor dem Kriegsende eine Marineuniform.«

Die Kriminalisten können die Behauptungen des Fred Herrmann durch Beweise widerlegen. Auch andere Frauensteiner Bürger hatten ausgesagt. Zu klein der Ort, zu bekannt ist man miteinander, zu angsteinflößend das Geschehen. Diskrepanzen sind allzu offensichtlich. Fred Herrmann muss das bisher Gesagte revidieren:

»Ich möchte ausführen, daß das Vorstehende in den letzten Sätzen nicht ganz der Wahrheit entspricht. Ich selbst habe im Beisein des Wiegand, Heinz, Hegewald, Reinhold und Jäger einige Tage nach Kriegsschluß in den Abendstunden, es war schon dunkel, aus dem Gartengrundstück Freiberger Str. 89 einen Leichnam von dort nach dem Friedhof mittels Leiterwagen überführt. Wiegand begab sich mit dem Leiterwagen mit mir nach dort. Die Leiche lag in einer Decke eingewickelt ca. 15 m von der Jauchengrube entfernt auf einer Rasenfläche. Ohne großen Aufenthalt wurde die Leiche auf den mitgebrachten Leiterwagen gelegt und von uns nach dem Friedhof gebracht. Hegewald folgte ebenfalls mit auf den Friedhof. Der Leichnam war in eine große Decke eingeschlagen, so daß ich kein Kleidungsstück von dem Toten sehen konnte. Ob dieser Stiefel oder Schuhe anhatte, kann ich nicht sagen. In derselben Nacht wurde der Tote in dem Massengrab der *Roten Armee* beigesetzt, und einige Zeit später auf Anweisung der Kommandantur Dippoldiswalde wurden sämtliche dort beigesetzten Angehörigen der *Roten Armee* nach Dippoldiswalde überführt.

Einige Tage vor dem Leichentransport erschien Hegewald in den Morgenstunden bei mir auf dem Friedhof und teilte mir mit, daß er in seiner Wohnung am Vorabend im Beisein des Jäger und seiner Ehefrau einen Angehörigen der *Roten Armee* erschlagen hat. Hinzu fügte er, daß sie den Toten im Anschluß in die im Grundstück vorhandene Jauchengrube geworfen haben. Während dieser Äußerung war nicht nur ich, sondern noch vier bis fünf Mann mit anwesend. Die Namen dieser Leute kann ich heute nicht mehr angeben. Hegewald erhielt von uns zur Antwort, daß wir davon keine Kenntnis nehmen würden. Als Hegewald den Friedhof verlassen hat, wurde von uns geäußert, daß er und Jäger, wenn seine Äußerungen der Wahrheit entsprachen, an diesem Abend bestimmt betrunken gewesen sind. Es war uns bekannt, daß der Jäger ein starker Trinker war. Hegewald begann erst, nachdem er Bürgermeister war, Schnaps zu trinken. Der Wiegand, Heinz, ist im Jahre 1949 im Alter von 58 Jahren verstorben.

Ich glaube nicht, daß noch andere Personen an dem Abend, als wir die Leiche aus dem angeführten Grundstück abholten, mit anwesend waren.

Hinzufügen möchte ich noch, daß ich vom Hegewald, Reinhold, ca. ¼ Jahr nach seiner ersten Mitteilung aufgefordert wurde, die Leiche am Abend aus dem Grundstück Freiberger Str. 89 abzuholen und auf dem Friedhof beizusetzen. Die Bergung aus der Jauchengrube wollte Hegewald selbst übernehmen.«

Fest steht, wenn sich auch die Aussagen der Beteiligten widersprechen: Eine Leiche hat man ins Soldatengrab des Frauensteiner Friedhofs gelegt. Im Jahre 1950 waren die

Toten längst aus dieser Grabstatt ins Ehrengrab nach Dippoldiswalde überführt. Selbst wenn man um Merkmale und Indizien wüsste, eine Identifizierung des Toten wäre unmöglich gewesen. Besagte Leiche aus der Jauchengrube der Freiberger Straße wäre unter all den anderen Leichen unauffindbar. Es blieben den Ermittlern nur die Aussagen der Zeugen und Beteiligten.

Auch Hulda Hegewald, die Frau des beschuldigten Bürgermeisters, saß mittlerweile hinter den Gefängnisgittern der Dresdner *Schießgasse*. Nicht aufgrund der Wirtschaftsvergehen zu Ungunsten des sozialistischen Volkseigentums und zwecks persönlicher Bereicherung. Der Vorwurf ihr gegenüber lautete: Mord.

»Aus der Haft vorgeführt wird die Hegewald, Hulda, nachdem sie zur Wahrheit ermahnt wurde, macht sie folgende Aussagen:

Zur Person: Hegewald, geb. Schwarzer, Hulda Gertrud
geb. 2.2.1912 in Rechenberg-Bienenmühle
wh. Dippoldiswalde, Goethestr. 10
verheiratet mit Reinhold Hegewald, wh. wie oben
Kinder 4 im Alter von 23, 16, 13, 12
Vater: Alois Braun
Mutter: Edeltraud, geb. Neuber
wh. Rechenberg-Bienenmühle, Alte Str. 66
Geschwister: 5
Staatsangehörigkeit: deutsch
Vorstrafen: angeblich keine

Zur Sache:

Vermutlich ca. drei bis vier Tage nach Kriegsschluß '45 befand ich mich in den Abendstunden mit meinem Mann und dem Untermieter Jäger, Erich, in meiner Wohnung, Frauenstein, Freiberger Str. 89 im Erdgeschoß links. Ich entsinne mich, daß an diesem Abend in meiner Küche die Frauen Wiegand,

Elfriede, Hegewald, Erna, Göhler, Gertrud, und Elsa Weiß anwesend waren. Es war noch eine andere Frau anwesend, von der ich nur den Vornamen Clara sagen kann. Diese war die Schwester der Frau Wiegand. Meine drei kleinen Kinder befanden sich zu dieser Zeit im Schlafzimmer. Meine große Tochter Renate war in einer Bäckerei auf der Freiberger Str. untergebracht. Die angeführten Frauen waren zur damaligen Zeit alle wohnhaft in Frauenstein. Die Männer selbst waren nicht da. Demzufolge hatten diese Frauen bei uns, da sich sehr viele dunkle Elemente in der Gegend von Frauenstein in der damaligen Zeit herumtrieben, Unterkunft gesucht. Gegen 22 Uhr erschien vor unserer Wohnungstür ein Angehöriger der *Roten Armee* im Alter von 35 Jahren, ca. 1.65 m groß, mittlere Gestalt, kurzgeschnittenes, blondes Haar. Bekleidung: hellbraune Uniformbluse, Stiefelhose vermutlich in der gleichen Farbe, Stiefel. Ob dieser Auszeichnungen getragen hat, kann ich heute nicht mehr angeben. Auf der Bluse hatte er einfache Achselstücke ohne Streifen oder Stern. Als Kopfbedeckung eine Schiffchenmütze, sowie ein Koppel. Eine Pistole sowie andere Waffen habe ich bei diesem nicht gesehen. Der Angeführte klopfte an unsere Wohnungstür. Ob mein Mann oder der Jäger geöffnet hat, kann ich nicht angeben. Einer von diesen beiden kam mit ihm in die Wohnstube. In gebrochenem Deutsch fragte dieser nach Schnaps. An seiner Haltung konnte ich feststellen, daß es sich um keinen Betrunkenen gehandelt hat. Er nahm auf dem Sofa Platz. In meinem Beisein tranken die drei Männer Schnaps. Der Schnaps war aus unserem Bestand. Jäger, der, wie er selbst angab, in Schlesien geboren ist, unterhielt sich mit dem Soldaten in polnischer Sprache. Ich stellte fest, daß sich beide einigermaßen verständigen konnten. Ihre Unterhaltung war ruhig. Mein Mann sowie ich hörten dieser Unterhaltung zu. Der Schnaps wurde aus Weingläsern getrunken in Verbindung mit etwas Wasser. Vermutlich haben sie zu dritt nur eine Flasche Schnaps ausgetrunken. Während des Trinkens sowie in der Zeit nachher haben wir nichts gegessen. Ca. 10–15 Minuten nach Erscheinen des Soldaten hörte dieser ein Gelächter. Ich selbst wußte sofort, daß es sich hier um die Frauen, welche sich in der Küche befanden, handelt. Nach dieser Wahrnehmung verließ der Soldat die Stube und klingelte an allen Türen im Vorsaal. Er wurde von Jäger und meinem Mann begleitet. Ich folgte hinterher. Die Küchentür war verschlossen, diese ist aber mit einer Glasscheibe versehen, so daß er feststellen konnte, daß sich in der Küche die angeführten Frauen befanden. Daraufhin rüttelte er an der Tür. Die Tür wurde geöffnet, worauf er sich in die Küche begab. Er nahm auf der Chaiselonge in der Küche neben den Frauen Platz. Es besteht die Möglichkeit, daß dieser eine von den Frauen umarmt hat. Ich habe aber nicht gesehen, daß er irgendjemand belästigte und grob anfaßte. Es hat auch keine von den Frauen um Hilfe geschrien. Der Jäger unterhielt sich auch in der Küche in polnischer Sprache weiter mit dem Soldaten. Kurze Zeit darauf wurde von meinem Mann wieder gesagt, daß wir zurück in die Stube gehen wollen. Der Soldat folgte uns. Ob in der Stube weiter getrunken wurde, kann ich nicht angeben. Ich weiß nur, daß der Soldat noch ein zweites und ein drittes Mal nach der Küche lief. Ich habe auch hier wieder kein Schreien der Frauen gehört. Der Soldat wurde beide Male von meinem Mann und Jäger nach der Küche begleitet. Als er wieder in der Stube war, wollte er wieder nach der Küche. Hier wurde er von meinem Mann und Jäger aufgefordert, die Frauen in Ruhe zu lassen. Da er doch gehen wollte, wurde dieser von beiden Männern zurückgehalten. Daraufhin löste er sein Koppel vom Leib und schlug dieses um die Tischkante und hob damit den Tisch aus. Vom Jäger wurde dieser von der Tischkante weggenommen. Beide setzten sich zurück aufs Sofa. Dort entwickelte sich zwischen beiden ein Handgemenge. Ich konnte sehen, daß sich beide mit Fäusten bearbeiteten. In diesem Moment stand mein Mann noch ca. einen Meter entfernt. Ich stand in Höhe des Schreibtisches. Von meinem Stand aus sah ich, daß sich jetzt auch mein Mann mit einmischte und versuchte, Jäger von dem Soldaten abzubringen. Mein Mann schlug mit einem Holzstock, ca. 30 cm lang, auf den Soldaten ein. Ich sah auch, wie mein Mann Faustschläge von dem Soldaten erhielt. Mein Mann legte den Holzstock zur Seite und nahm den auf dem Tisch stehenden Leichtmetall-Aschenbecher zur Hand und schlug mit diesem dem Soldaten vorn auf den Kopf. In diesem Moment sackte der Soldat in sich zusammen und kam auf dem Fußboden vor dem Sofa zu liegen. In dieser Lage erhielt der Soldat noch einige Schläge mit dem Aschenbecher von meinem Mann. Ob Jäger zu dieser Zeit ebenfalls mit eingeschlagen hat, kann ich nicht mehr angeben. Kurz nach dieser Ausführung lief einer der beiden Männer in die Küche und holte dort eine Decke. Beide haben beschlossen, nachdem sie feststellten, daß dieser tot war, den Soldaten in die Jauchengrube, welche sich im Hof befindet, zu bringen. Der Soldat wurde mit seinen gesamten Kleidungsstücken von beiden Männern in die Decke eingeschlagen und von der Wohnung die Kellertreppe hinunter, welche auch nach dem Hof führt, getragen. Ich habe hinterher mittels eines Lappens die in der Wohnung und auf der Kellertreppe entstandenen Blutspuren aufgewischt. Als ich nach dem Hof hinauskam, war der Leichnam schon in der Jauchengrube versenkt. Soviel mir bekannt ist, wurde die hierzu verwendete Decke nicht wieder zurückgebracht. Nach dieser Tätigkeit sind wir in die Küche gegangen. Dort wurde der Vorfall von meinem Mann den Anwesenden erzählt. Einige Monate später verlangte mein Mann eines Tages einen Schlosseranzug und erklärte, daß er den Leichnam aus der Jauchengrube gemeinsam mit dem Friedhofsmeister Herrmann, Fred, bergen wollte und im Anschluß auf den Friedhof überführen. Ich selbst war bei der Bergung nicht anwesend, kann auch nicht angeben, welche Personen außer Herrmann noch mitgeholfen haben. Mein Mann hat nach Kriegsende die Tätigkeit als Arbeitseinsatzleiter auf Anordnung der Kommandantur ausgeführt. Später wurde er von dort als Bürgermeister eingesetzt. Dieses Amt führte er bis zur Neuwahl im Sept. '46 aus.

Vor 1945 hat mein Mann nur Bier getrunken. Die Schnapszuteilung, die es während des Krieges gab, haben wir regelmäßig verschenkt. Nach Kriegsende hatten wir ca. 30 Flaschen Schnaps im Hause. Der Schnaps wurde von meinem Mann und Jäger aus einem Proviantzug, der in Frauenstein stand und von der Bevölkerung ausgeraubt wurde, geholt. Nach dem angeführten Vorfall war mein Mann bis zu seiner Festnahme am 28.4.1950 des öfteren stark betrunken. Das ist vor 1945 nie vorgekommen.

Ich gebe zu, mit meinem Untermieter, Jäger, Erich, der ca. 14 Tage vor Friedensschluß zu uns zog, ein intimes Verhältnis unterhalten zu haben. Weiter gebe ich zu, daß ich mit diesem Mann im Sept. oder Okt. '45 von Frauenstein nach Berlin fuhr. Mein Mann hat mir kurz vorher erklärt, er wolle die Scheidung einreichen. In Berlin hielt ich mich mit Jäger bei seiner Schwester Berta, Bornholmer Str. 94, auf. Von dort wurde ich von meinem Bruder Eduard Schwarzer nach vier Tagen zurückgeholt.

Jäger war während des Krieges als Wehrmachtsbeamter bei der Marine und verwaltete kurz vor Kriegsschluß das Ausweichlager der Marine in Frauenstein und Reichenau. Mir erzählte er, er lebt von seiner Frau getrennt und habe zwei Söhne. Seit ich in Berlin war, habe ich das Verhältnis mit Jäger gelöst. Ich sah diesen später noch einige Male in Frauenstein. Seit Anfang des Jahres '46 habe ich Jäger nicht mehr gesehen. Ich stehe auch nicht mit ihm in Verbindung.

Meine Aussagen sowie das am 4.7.1950 selbst geschriebene Geständnis habe ich so gut, wie es mir noch erinnerlich ist, niedergeschrieben. Beide Schriften entsprechen der reinen Wahrheit, was ich auch mit meiner Unterschrift bestätige.«

Der dritte Mann des Abends, Erich Jäger, wird ob Mordverdachtes gesucht und zur Fahndung ausgeschrieben:

```
Fernschreiben 7.7.1950, 14 Uhr
an das volkspolizeipraesidium abteilung, in-
spektion b e r l i n, neue koenigstrasze
betr.: mordsache frauenstein 1945
bezug: ohne. ==
es wird gebeten, den jaeger, (uml.), erich,
kaufmann, geb. 18.10. vermutl. 1895,
      in neumittelwalde kr. wartenburg
      berlin n 48. rhinower strasze 1
wegen mittaeterschaft sofort festzunehmen und
mit dem naechsten transport nach dem poli-
zeigefaengnis dresden zu ueberfuehren. jae-
ger hat sich am 31.10.'45 nach obiger adres-
ze abgemeldet, sollte jaeger seine wohnung
gewechselt haben, wird gebeten, den jetzigen
aufenthalt zu ermitteln.
Bitte keinen vorhalt.
vpp dresden, abteilung K
```

Berlin 1950: Es war in der Stadt mit vier Besatzungszonen der alliierten Siegermächte nicht zu erwarten, dass einer Bitte um Verhaftung sofort Folge geleistet wird. »›Berlin – das ist die größte Armutsstadt der Welt und dennoch die bedeutendste Großstadt in Deutschland‹, kommentierte der amerikanische Stadtkommandant Oberst Frank L. Howley die Situation der Stadt anläßlich seines Besuches zum Jahreswechsel 1946/47 im Amtssitz des Berliner Oberbürgermeisters Dr. Otto Ostrowski. Etwa drei Millionen Berliner, die den Krieg überlebt hatten, führten einen verzweifelten Kampf gegen Hunger und die grausame Kälte der Winter. Tägliche Schreckensmeldungen über erfrorene und verhungerte Menschen gehören zur Chronik der Stadt. Zu den Schattenseiten des Großstadtlebens zählte der rasante Anstieg der Kriminalität. Allein Ende November 1946 hatte es innerhalb von 48 Stunden sechs Raubmorde gegeben.«

Im Herbst 1949 hatten sich offiziell die beiden deutschen Staaten gegründet. Im Osten versuchte man mit Hilfe der Sowjetunion das sozialistische Experiment. Der Westen richtete sich nach dem Leitbild von Amerika und Westeuropa aus. Die Berlin-Frage blieb ungelöst. Die westlichen Besatzungszonen waren kein Teil der neuen Bundesrepublik Deutschland, wie sie auch nicht zur DDR gehörten. Geostrategisch war die Insellage Westberlins willkommener Stachel im sozialistischen Weltsystem. Hier tummelten sich die Spione im *Kalten Krieg*. Das Verhältnis der Währungen betrug 1:4 zu Ungunsten des Arbeiter-und-Bauern-Staates. Schieber, Schmuggler und Verbrecherbanden strebten illegal nach Maximalprofit. Im *kleinen Grenzverkehr* suchten Bürger materiellen Vorteil. Die Berliner Polizei war zersplittert, unterstand verschiedenen Befehlsgebern, abgesehen von den Militärbefehlshabern. Zuständigkeiten waren unklar, Zusammenarbeit über Sektorengrenzen hinweg schwierig. Trotzdem wird von der Berliner Polizei Erich Jäger alsbald in Haft genommen.

Die Ermittler vermerken: »Am 11.7.1950 wurde der MK Dresden von Berlin die durchgeführte Festnahme des Jäger, Erich, mitgeteilt. Jäger wird mit dem nächsten Transport von Berlin nach Dresden überstellt.«

Doch die Überführung ist im Chaos von Personal und Fahrzeugmangel nicht einfach. Mehr noch: Für die Ermittlungen gegen Erich Jäger besitzt die Berliner Staatsanwaltschaft keine Zuständigkeit. Man kabelt: »Im unter Bezug angeführten Fs wird mitgeteilt, daß der Jäger von Dresden abgeholt werden muß, da von dortiger Dienststelle kein Haftbefehl erwirkt werden, und er demzufolge nicht länger festgehalten werden kann.« Sachsens Ermittler danken und senden am 15. Juli 1950 ein Fernschreiben zurück:

vp-rat schmidt aus dresden trifft am 15.7. 20 uhr berlin schlesischer bahnhof ein, obenangeführte vp-angehörige sind davon zu verständigen und sollen ankunft abwarten.

Schließlich sitzt der Beschuldigte in Sachen *Mord in Frauenstein 1945* in Untersuchungshaft im Präsidium der *Schießgasse*, Dresden.

Andrerseits folgen aus den bisherigen Ermittlungen keine gerichtlich verwertbaren Ergebnisse. Natürlich mussten die Parteigenossen die sowjetischen Besatzungstruppen vom Tod des unbekannten Soldaten informieren, waren doch die Rotarmisten direkt betroffen: Einen ihrer Offiziere hatte Hegewald in jener Nacht erschlagen. Doch die Kommandantur der *Roten Armee* vermisst seit jenen Tagen der Befreiung keinen ihrer Angehörigen. Diese brisante politische Dimension des Falles ist somit nicht mehr gegeben: Vielleicht war es nämlich gar kein Sowjetsoldat, den man heimlich in Frauenstein entsorgte. Vielleicht irrten sich die Zeugen, indem sie ihm eine *fremde Sprache* unterstellten. Die Uniform des Gastes konnte nie genau beschrieben werden, militärische Accessoires genauso wenig. War es vielleicht ein Zwangsarbeiter, der endlich frei und auf dem Weg nach Hause? War es ein Tscheche auf dem Schmuggelpfad? Ein Deutscher auf der Flucht aus den besetzten Gebieten Ostpreußens oder Schlesiens? Möglicherweise gar ein desertierter Landser? Feststellbar ist die Identität des Toten nimmermehr.

Diese Zweifel zeitigen Wirkung. »Die Hegewald wurde am 12.7.1950 aus der Haft entlassen, da keine Verdunklungsgefahr mehr besteht. Nach Aussagen der Hegewald und der Wiegand ist bestätigt, daß es sich um einen *Unbekannten* handelt. Somit muß der Vorgang von der S.A. Dresden wieder eingezogen und nach Abschluß der SKK zugestellt werden.«

Die Sowjetische Kontrollkommission ist nicht weiter am Toten und seiner Identität interessiert, sie lässt sich routinemäßig weiter über die polizeilichen Ermittlungen informieren. Die Genossen scheinen ob dieser Entwicklung erleichtert, bergen doch Konflikte mit den sowjetischen Besatzungstruppen unwägbare Risiken.

Derweil ist Erich Jäger aus Berlin in Dresden angekommen. Die Kriminalisten erhoffen sich vor allem die Klärung der Vorkommnisse jener Nacht des 8. Mai zur *Stunde Null*:

Befragt sagt Jäger: »Von 1942 bis 1945 war ich als Marineverwaltungsassistent in Keil, Löbau und Frauenstein/Erzgebirge tätig. Das Kriegsende erlebte ich in Frauenstein. Ich wohnte von Anfang Mai 1945 bis Ende Okt. 1945 bei einem gewissen Hegewald, Reinhold. Mit Hegewald holte ich vor Kriegsschluß ein Faß, 60 Liter, Schnaps und 4 bis 5 Kisten *Hennessy-Cognac*. Der Schnaps wurde von uns in den Wohnräumen des Hegewald versteckt. Mit dem Einmarsch der Besatzungstruppen wurden die Wohnungen durchsucht und Schnaps wurde bei uns sowie auch in andren Wohnungen gefunden und von der Besatzungsmacht getrunken. Es kam auch vor, daß Angehörige der Besatzungsmacht bei Hegewald nächtigten. Ich selbst habe mich darum wenig gekümmert und hielt mich die meiste Zeit in meinem Zimmer auf. Wenn die Angehörigen der Besatzungsmacht kamen und Schnaps tranken, so mußte ich immer den ersten Schnaps mittrinken. Das hatte zur Folge, daß ich zehn Tage lang betrunken war. Was während dieser zehn Tage sich im einzelnen abgespielt hat, kann ich nicht sagen. Mir ist nicht bekannt, daß in der Wohnung des Hegewald ein Angehöriger der Besatzungsmacht während eines Trinkgelages erschlagen worden ist. Ich habe auch, nachdem ich nüchtern geworden bin und in der späteren Zeit, nicht einmal mit Hegewald oder dessen Frau über diesen Vorfall gesprochen.«

Erich Jäger bestreitet, was Zeugen längst zu Protokoll gegeben haben.

Die Verhöre jedoch werden intensiver, die Beweismittel legt man Jäger vor. Leugnen zwecklos, Jäger erzählt am

19. Juli 1950 seine Sicht der Ereignisse in jener Nacht. Das liest sich im Protokoll:

»Name:	Jäger, Erich
Beruf:	Kaufmann
Einkommen:	80,-- brutto
geb.	18.10.1895
Geburtsort:	Neumittelwalde, Kr. Breslau
Adresse:	Berlin, N113, Bornholmer Str. 94
Staatsangehörigkeit:	deutsch
Familienstand:	geschieden
Kinder:	2, 14 und 15
Vater:	Karl Jäger, Schuhmachermeister, 1945 verstorben
Mutter:	Klara, geb. Bartschak, 1940 verstorben

Zur Sache:
Durch die Kriegsereignisse wurde ich im Jahre 1945 kurz vor Beendigung des Krieges nach dem Städtchen Frauenstein im Osterzgeb. verschlagen. Frauenstein wurde mir bekannt, weil ich schon wochenlang vorher Heeresbestände, die in Lägern in Löbau und Dresden untergebracht waren, verlagern mußte. Die eingelagerten Bestände hatte ich hier weiter zu verwalten. Ich bezog Wohnung in dem Grundstück eines gewissen Hegewald. Etwa acht Tage vor Kriegsschluß wollte ich aus dem von mir bewohnten Zimmer wieder ausziehen, weil mir dieses zu klein war. Ich konnte auf dem Marktplatz in Frauenstein ein größeres Zimmer mieten. Das Ehepaar Hegewald, welches im Erdgeschoß eine Wohnung bewohnte, machte mir aber den Vorschlag, ich soll aus dem Grundstück nicht ausziehen, sie würden mir ihr Wohnzimmer einrichten und zur Verfügung stellen. Das Angebot wurde mir von den Hegewalds gemacht, wahrscheinlich um dadurch persönliche Vorteile zu haben. Ich ließ mich auch darauf ein und bezog das Wohnzimmer der Fam. Hegewald.

Kurz vor dem Einmarsch der *Roten Armee* kam auf dem

Bahnhof in Frauenstein ein Zug an, welcher Verpflegung und andere Sachen aus Wehrmachtsbeständen geladen hatte. Da das Erscheinen der *Roten Armee* nur noch wenige Stunden dauern konnte, wurden die von dem Zug transportierten Lebensmittel an die Bevölkerung durch eine Panzerbesatzung verteilt. Das Ehepaar Hegewald und ich begaben uns nach dem Bahnhof und führten einen Handwagen mit, um ebenfalls Sachen dort abzuholen. In der Hauptsache wurden von mir und Hegewald Schnaps, Kekse und verschiedene andere Dinge nach der Wohnung gebracht. Dieses war am Vormittag, und am Nachmittag erschien schon die *Rote Armee*. Als die Soldaten kamen, sagte ich Hegewald, nachdem dieser zu verstehen gegeben hatte, daß er ausreißen wollte: ›Was wollen wir jetzt machen? Wir bleiben hier!‹ Ich sagte noch, er solle eine weiße Fahne heraushängen, was er auch tat. Die Soldaten sammelten sich auf dem Marktplatz und Hegewald ging nach dort. Ich selbst blieb in der Wohnung und sah aus dem Fenster den Dingen zu. Gegen Abend kamen die ersten Soldaten in das Haus, selbst habe ich sie aber nicht gesehen. Ich selbst war Wehrmachtsangehöriger und wartete nun, was man gegebenenfalls mit mir machen würde. Da ich etwas reichlich Alkohol getrunken habe, legte ich mich zeitig in meinem Zimmer schlafen. Am nächsten Morgen kam Hegewald zu mir und sagte, daß zwei Soldaten bei uns geschlafen hätten und noch frühstücken würden. Ich ging aus meinem Zimmer nach der Küche und hier saßen die beiden Soldaten. Ich gab jedem ein Stück Toilettenseife, die ich aus Heeresbeständen noch bei mir hatte. Daraufhin verließen die beiden Soldaten das Haus. Im Laufe des nun folgenden Tages kamen weitere Soldaten und ebenso ausländische Zivilgefangene in Frauenstein an. Von diesen wurden die Häuser durchsucht nach Kleidungsstücken und Schnaps. Dieses konnte auch geschehen, weil die Einwohner alle in die Wälder geflüchtet waren. Schnaps wurde auch fast in allen Wohnungen gefunden, da die Bevölkerung, wie schon beschrieben, sich am Vortage damit eingedeckt hatte. Auch in das Grundstück, wo ich wohnte, kamen Soldaten und fanden hier den am Vortage geholten Schnaps. Da ich polnisch spreche, konnte ich mich teilweise mit den Soldaten verständigen und mußte an diesem Tage viel Schnaps mittrinken. Dieses zog sich bis zum Abend hin. Gegen Abend kam Hegewald in mein Zimmer und sagte, daß wieder ein Soldat da wäre, der hier übernachten wollte. Nach meinem Dafürhalten war es ein Soldat, obwohl er nicht als solcher einwandfrei zu erkennen war, denn er trug Stiefel, Stiefelhose und Drillichjacke, aber ohne Kopfbedeckung. Der Mann hatte weder Koppel noch Schulterklappen oder Auszeichnungen angeheftet. Nach dem Erzählen des Hegewald mußte dieser Mann schon am Tage mehrmals dagewesen sein, denn er hatte sich nach Hegewald angemeldet. Ich sagte zu Hegewald, er soll den Mann dort schlafen lassen, wo die beiden anderen Soldaten von der vorhergehenden Nacht geschlafen haben. Hegewald sagte mir, daß die beiden anderen Soldaten anständig gewesen wären, und er hoffte, daß auch dieser anständig sei. Ich sagte zu Hegewald noch, wenn die anderen anständig waren, so wird es dieser auch sein, und damit hatte sich die Sache für mich erledigt. Nach einiger Zeit kam Hegewald in mein Zimmer und sagte zu mir, ich solle herauskommen, der Soldat wolle nicht schlafen gehen bzw. wolle zum Schlafen eine Frau mithaben. Zu diesem Zeitpunkt wußte ich noch nicht, daß sich weitere Frauen außer der Ehefrau Hegewald und der Tochter im Haus befanden. Ich ging nun in den Korridor hinaus und versuchte, den Mann zu beruhigen. Ich forderte ihn in polnischer Sprache auf, er solle sich in das Schlafzimmer schlafen legen und dann wäre alles gut. Vermutlich, weil im Schlafzimmer kein Licht brannte, ging er in dieses nicht. Da aber aus meinem Zimmer Licht nach dem Korridor ging, kam er nunmehr in dieses. In meinem Zimmer, in dem nun noch außer dem Soldaten das Ehepaar Hegewald anwesend war, versuchte ich, den Soldaten zu beruhigen. Aus diesem Grunde wurden auch noch mehrere Schnäpse getrunken. Die Beruhigung gelang mir jedoch nicht, denn der Mann versuchte wiederholt, nach der Frau Hegewald zu greifen, sowie er auch zu verstehen gab, daß er eine Frau zum Schlafen haben wollte. Ich sagte, daß dieses nicht möglich sei, worauf er zu mir sagte, ich sollte mit ihm schlafen gehen. Ich sagte daraufhin, daß ich mit ihm schlafen gehen würde und sagte: ›Komm!‹, worauf er aufstand, aber nach der Frau Hegewald griff. Ich sagte wieder zu ihm: ›Komm mit schlafen!‹ und zeigte mit den Händen in Richtung Schlafzimmer, worauf er mir an die Hand griff und den Daumen nach hinten verdrehte und mich auf das Sofa warf. Ich stand wieder auf und besah mir meinen Daumen, inzwischen hatte sich schon Hegewald mit dem Mann in den Haaren, und ich hörte nur noch einen dumpfen Knall, worauf der Mann zusammenbrach. Das war das Werk weniger Sekunden. Hegewald hat mehrmals zugeschlagen. Dieses ging so schnell, daß mir hier keine Möglichkeit blieb, helfend einzugreifen. Ich habe nicht gesehen, mit was Hegewald zugeschlagen hat, und erfuhr von ihm erst am nächsten Tage, daß es ein Aschenbecher war. Als ich sah, daß der Mann zusammengebrochen war, schrie ich noch Hegewald an etwa mit den Worten: ›Mensch, was hast du jetzt gemacht! Jetzt sind wir alle erledigt hier!‹ Hegewald sagte: ›Was sollt ich denn machen, er ist auf dich losgegangen und auf meine Frau!‹ Hegewald faßte jetzt den Mann und zog diesen von der Stube auf den Korridor. Ich sagte zu Hegewald: ›Jetzt ist es sowieso vorbei, laßt mich in Ruhe!‹, goß mir noch zwei Gläser Schnaps ein und legte mich auf mein Kanapé. Hegewald sagte zu mir, daß wir ihn wegschaffen müssen, worauf ich ihm wieder antwortete, er solle mich in Ruhe lassen. Während ich auf seinem Kanapé lag, befaßte sich Hegewald mit dem Mann. Nunmehr sagte er zu mir, ich solle mit anfassen, er wolle ihn ins Loch schmeißen. Ich wußte nicht, was mit diesem Loch gemeint war, und sagte aber, er soll mir meine Ruhe lassen, ich will mit der Sache nichts zu tun haben. Da ich durch das Gerede trotzdem nicht aufstand, kam seine Ehefrau zu mir, faßte mich an der Hand und zog mich vom Kanapé fort. Sie sagte, ich solle doch mit anfassen. Durch die Hegewald ließ ich mich überreden, ging nach dem Korridor und bekam dort einen Deckenzipfel in die Hand gedrückt. Daß es eine Decke war, konnte ich schon sehen, als ich noch auf dem Kanapé lag. Ich muß berichtigen, sah ich, als ich mit der Hegewald nach dem Korridor kam. Hegewald faßte die Decke vorn allein an, während hinten ich und die Frau Hegewald trugen. Wir gingen vom Korridor in den Flur und von diesem ging wieder eine Tür ab, die von Hegewald geöffnet wurde. Ich wußte nicht, wo diese Tür hingeht, denn ich war bis zu diesem Zeitpunkt nie hier unten. Die Unkenntnis hatte zur Folge, daß ich plötzlich, nachdem ich durch die Tür durchgetreten war, vornüber nach unten stürzte. Ich fiel auf die Decke, in welcher der Mann eingewickelt war, und rutschte mehrere Stufen hinunter. Die Hegewald sagte zu mir: ›Erich, was machst du?‹ Worauf ich ihr antwortete: ›Weiß ich denn, wo ihr mich hinschleppt?‹ Ich hatte gemerkt, als ich gefallen war, daß es eine Treppe war, die ich hinuntergefallen war. Auf allen vieren krabbelte ich die Treppe wieder hoch und ging in mein Zimmer zurück. Hier nahm ich noch einige Schnäpse und legte mich wieder auf mein Kanapé. Was Hegewald und dessen Frau mit dem eingewickelten Mann weiter gemacht haben, wußte ich zu diesem Zeitpunkt nicht. Als eine längere Zeit vergangen war, kam die Hegewald nochmals in das Zimmer und sagte: ›Gute Nacht!‹ zu mir und weiter, es wäre alles in Ordnung, ich brauchte keine Angst zu haben. Nach diesem Vorfall bin ich vier Wochen lang nicht aus dem Haus herausgegangen, und es kann Pfingsten (20./21. Mai 1945) gewesen sein, als Hegewald mir eines Tages einen Deckel zeigte und dazu bemerkte, daß das Paket dort unten liegen würde und daß es mehrere Meter tief sei. Die Spuren, die sich deutlich durch Blut abzeichneten, wurden von der Ehefrau des Hegewald beseitigt. Lange nach Pfingsten kam eines Tages ein Gewitter. Durch den niederkommenden Regen wurde die Grube voll und lief über. Die Mieter beschwerten sich, daß diese sauber gemacht werden müßte. Dadurch bekam Hegewald es mit der Angst zu tun und sagte, daß er die Grube allein räumen würde und daß die Jauche von einem Bauern abgeholt würde. Es kam ihm darauf an, daß kein Unberufener sich an der Jauchengrube zu schaffen macht. Hegewald machte mir nun den Vorschlag, daß ich mit seiner Ehefrau die Jauche herauspumpen soll. Dieses wurde auch von uns beiden gemacht. In einer später geführten Unterhaltung sagte mir dieser, daß kein Mensch davon etwas erfahren dürfte und daß die Leiche dorthin herausgeschafft würde. Ich interessierte mich nicht dafür, gab dies dem Hegewald auch zu verstehen mit dem Hinweis, daß ich sowieso nach Berlin in meine Heimat fahren wollte. Eines Tages sagte mir dann Hegewald, daß alles erledigt wäre, womit gemeint war, daß die Leiche nunmehr aus der Jauchengrube weggebracht worden ist. Ich fragte nicht, wohin die Leiche gebracht worden ist, erfuhr aber später durch die Ehefrau, daß sie auf dem Friedhof beigesetzt wurde. Wer die Leiche weggebracht hat, wurde mir von Hegewald nicht gesagt, denn derjenige, der die Leiche weggebracht hat, machte es nur unter der Bedingung, daß niemand davon erfährt. Mich interessierte dies auch nicht, und ich fragte auch nicht danach.

In der Zwischenzeit war Hegewald Bürgermeister von Frauenstein geworden, und eines Tages kam es zwischen ihm und mir zum Streit. Hegewald setzte mich aus der Wohnung hinaus und ich zog in das Bahnhofshotel. Nach kurzer Zeit erhielt ich von Hegewald die Aufforderung, Frauenstein zu verlassen, worauf ich dann kurze Zeit später nach Berlin in meine Heimat gefahren bin. Als ich in Berlin schon ansässig war, fuhr ich noch zweimal nach Frauenstein zurück. Hier kam ich mit den Eheleuten Hegewald nochmals zusammen, und ich sagte der Ehefrau, daß mir die Angelegenheit keine Ruhe ließe und ich nicht schlafen könnte. Darauf sagte mir die Hegewald, wenn du dicht hältst, da kann uns gar nichts passieren, und sie verlangte dafür noch das Ehrenwort von mir. Als ich zum zweiten Mal nach Frauenstein fuhr, wurde ich beim Betreten einer Gaststätte von Hegewald und dessen zwei Brüdern geschlagen, so daß ich es vorzog, überhaupt nicht mehr nach Frauenstein zu fahren. Ich verklagte Hegewald noch wegen Körperverletzung.« Widersprüche zu den Aussagen der Eheleute Hegewald sind offensichtlich. Auch scheint Erich Jäger seine Mittäterschaft herunterzuspielen. Dass der Untermieter den Hinterausgang seines Wohnhauses nie betrat, bezweifeln die Ermittler. Vielleicht war Jäger die Jauchengrube tatsächlich unbekannt, obwohl ihre Abdeckung gut sichtbar: 55 cm im Quadrat maß der metallene Deckel. Geräusche beim Öffnen und beim Schließen macht er. Nie gehört? Und nie gerochen? Die Kriminalisten haken nach.

»Auf besonderen Vorhalt:

Wenn von Hegewald behauptet wird, daß ich mit einer Kneifzange auf den Mann eingeschlagen habe, so muß ich dazu sagen, daß dieses von Hegewald erlogen ist und nicht den Tatsachen entspricht. Ebenso ist es unwahr und absurd, daß ich den Gedanken gefaßt haben soll, den Mann in die Jauchengrube zu werfen. Wie schon angegeben, hatte ich bis zu dem angegebenen Zeitpunkt noch keine Kenntnis von der Jauchengrube. Ebenso entspricht es nicht den Tatsachen, daß ich mich mit dem unbekannten Mann geschlagen habe. Ich habe mich lediglich befreit, als ich angefaßt wurde. Mir ist nicht bekannt und ich habe nicht gesehen, daß Hegewald mit einem Stock auf den Unbekannten eingeschlagen hat. Wenn dies der Fall gewesen wäre, so hätte ich bestimmt Zeit gehabt, entscheidend zu handeln und das furchtbare Geschehen zu verhindern. Es war aber, wie schon angegeben, alles nur Momentsache. Ich kann nicht sagen, ob der Mann von den Schlägen des Hegewald tot war. Ich habe mich, wie schon betont, um die ganze Angelegenheit nicht mehr gekümmert.

Ich möchte noch erwähnen, daß der Hegewald und dessen Ehefrau sowie die Kinder am Morgen nach der Tat Frauenstein verlassen haben. Ich selbst blieb in Frauenstein in dem Grundstück wohnhaft, weil ich mich schuldlos fühlte. Nach drei Tagen kam Hegewald allein wieder. Nach weiteren drei Tagen kam er wieder, und da sagte ich ihm, wenn er nicht wieder zurückkäme, dann würde ich seine Wohnung, die bis zu diesem Zeitpunkt unbehelligt geblieben war, nicht mehr halten, und würde ebenfalls meiner Wege gehen. Ich hatte aus diesem Grund schon mit dem Kommandanten von Frauenstein Rücksprache genommen, der mir versprach, mich mit einem der nächsten Autos nach Berlin mitzunehmen. Dem Kommandanten von Frauenstein aber den Vorfall zu melden, hatte ich nicht den Mut.«

Was am *Tag der Befreiung vom Hitlerfaschismus* 1945 in der Wohnung des späteren Bürgermeisters Reinhold Hegewald, Freiberger Straße 89, Frauenstein tatsächlich geschah, erhellt auch Erich Jägers Aussage nicht. Vielmehr ergeben sich noch weitere Widersprüche. So stellen die ermittelnden Polizisten am 22. Juli 1950 fest:

»Eine einwandfreie Klärung, ob die auf den Kopf des Unbekannten geführten Schläge tödlich waren, konnte nicht herbeigeführt werden. Eine Untersuchung der Gestalt wurde von den Beteiligten nicht vorgenommen.

Die Aussagen der Beteiligten sind widersprechend, und es ist schwer, den genauen Sachverhalt klarzustellen, da die Tat bereits fünf Jahre zurückliegt und die Beteiligten sich an Einzelheiten nicht mehr erinnern können.

Hegewald und Jäger sitzen in der Polizeihaftanstalt *Schießgasse*, während sich die Hegewald auf freiem Fuß befindet. Vorstehendes wird der SKK zur Kenntnis gebracht, und es wird Entscheid darüber gebeten, welche Dienststelle die Weiterbearbeitung des Vorgangs übernimmt.«

Bereits am 26. Juli 1950 vermerkt eine Aktennotiz: »Durch vorstehenden Bericht vom 22.7.1950 wurde die SKK in Dresden von dem Vorfall in Kenntnis gesetzt. Nach persönlicher Rücksprache am 26.7.1950 im VPP Dresden, Abt. K, Kom. C1 mit den Vertretern der sowj. Staatsanwaltschaft wurde entschieden, daß der Vorgang zur Aburteilung an das deutsche Gericht abgegeben wird, da nicht einwandfrei geklärt werden kann, ob es sich bei dem Opfer um einen Soldaten der sowj. Armee handelt. An der Besprechung nahmen drei Vertreter der sowj. Staatsanwaltschaft teil und der Vp.Rat Müller und der Vp.Ob.Kom. Franzke C1.«

Zu den Akten gelegt wird die Mordermittlung damit noch nicht. Zu brisant scheint der Staatsanwaltschaft und der parteilichen Leitungsebene das Vorgefallene. Zumal Gerüchte in der Öffentlichkeit immer noch kursieren. Allerdings ist das Wirtschaftsverbrechen des Reinhold Hegewald nicht mehr Teil des Verfahrens, Dokumente dazu sind nicht auffindbar. Vielleicht hat man es aus ideologischen Gründen von den Mordermittlungen getrennt. Vielleicht wurde es aus Mangel an Beweisen eingestellt. Kein Abschlussbericht beschreibt dessen Ausgang, kein Protokoll das Strafverfahren oder den Prozess. Aber auch die Fakten zum Tod des unbekannten Soldaten sind nicht sicher. Die Verurteilung der Beteiligten bleibt fraglich. Doch sie werden wieder und wieder zur Nacht des 8. Mai 1945 befragt. Einer von ihnen, Friedhofsmeister Fred Herrmann, ist »in seiner Wohnung nicht mehr anzutreffen. Es besteht der Verdacht, daß sich Herrmann nach dem Westen abgesetzt hat. Eine Fahndung nach Herrmann wurde seitens der Volkspolizei nicht eingeleitet, da seine strafbare Handlung als Übertretung geführt wird.« Angst spielte bei dieser Flucht sicherlich eine Rolle. Einmal in Ungnade gefallen, war es schwierig, unter den Genossen wieder Fuß zu fassen. Und 1950 waren die Grenzen noch offen, zumindest in Berlin bereitete ihr Überschreiten keine Schwierigkeiten.

Der Friedhofsmeister bleibt unauffindbar. Die Schuld der Hegewalds und ihres Untermieters Erich Jäger wiegen jedoch schwerer. Die zwei Männer sitzen noch in Untersuchungshaft in Dresden, *Schießgasse* 7.

Reinhold Hegewald: »Ich kann heute, wenn ich erneut zu dem Vorgang aus dem Jahre '45 befragt werde, keine anderen Angaben als schon in den früheren Vernehmungen machen. So wie es in meiner Erinnerung ist, habe ich es der Kriminalpolizei angegeben. Ich habe mit keinem Stock geschlagen, sondern nur mit einem Aschenbecher, und wenn so etwas von meiner Frau behauptet wird, so kann ich nur dazu sagen, daß es meine Frau wahrscheinlich nicht mehr weiß. Ich kann nicht sagen, ob Jäger mit der Beißzange zugeschlagen hat, ich nahm dieses nur an, weil ich die Zange später liegen sah. Ich kann heute nur wiederholen, daß ich niemals zugeschlagen hätte, wenn der unbekannte Mann meine Frau nicht belästigt hätte, worauf diese um Hilfe schrie. Ich sehe sie heute noch mit ihrem ängstlichen Blick vor mir. Mit allem wollte ich verhindern, daß meiner Frau irgendein Leid angetan wird.«

Erich Jäger: »Wenn ich heute erneut zur Sache befragt werde, so kann ich nur dazu sagen, daß ich meine Angaben vom 19.7.1950 nur wiederholen kann. Es hat sich alles so zugetragen, wie ich es in meiner ersten Vernehmung in Dresden gesagt habe. Wenn Hegewald behauptet, ich hätte mit einer Beißzange ebenfalls eingeschlagen, so muß ich das dazu sagen, daß dies von Hegewald erlogen ist. Ich nehme an, daß sich Hegewald nur rächen will, weil seine Frau damals mit mir nach Berlin gefahren ist und weil ich mit ihr ein Verhältnis hatte. Ich möchte bitten, daß mir die Ehefrau Hegewald gegenübergestellt wird, weil diese das, was ich ausgesagt habe, nur bestätigen kann, weil sie mit im Zimmer anwesend war.«

Hulda Hegewald: »Wenn ich heute erneut zu dem Vorfall im Jahre 1945 in meiner Wohnung befragt werde, so kann ich noch folgendes sagen: Ich habe nicht gesehen, daß Jäger mit einer Beißzange auf den Soldaten eingeschlagen hat. Geschlagen hat mein Mann mit dem Aschenbecher, der auf dem Tisch stand. Ob er auch mit dem schon von mir angegebenen Stock geschlagen hat, kann ich nicht mit Bestimmtheit sagen. Es ist richtig, daß der Soldat in eine Decke eingewickelt wurde. Dies wurde von meinem Mann, Jäger und mir ausgeführt. Wir drei waren auch an der Wegschaffung beteiligt, d. h. mein Mann faßte die Decke von vorn, während Jäger und ich hinten gingen. Als wir an der Kellertreppe waren, ist Jäger plötzlich gestolpert und fiel die Treppe hinab. Ich selbst trug mit bis zur Tür, wo es in den Hof hinaus geht, und wieweit Jäger mitgetragen hat, kann ich nicht sagen.«

Am 9. April verfasst VP-Rat Müller seinen Abschlussbericht zu den Beschuldigten: Hegewald, Hegewald, Jäger, Herrmann und Herrmann. Der an der Beseitigung und Beisetzung der Leiche ebenfalls Beteiligte Herbert Wiegand ist verstorben. »Ebenso mußte die Vernehmung des Bruders des Herrmann unterbleiben, weil es sich bei diesem offenbar um einen geistig minderwertigen Menschen handelt. Herrmann, Fred und Burkhard, haben sich der Verantwortung inzwischen durch die Flucht entzogen.

Zusammenfassend kann gesagt werden, daß die Klarstellung des Sachverhaltes bis in die Einzelheiten heute nicht mehr möglich ist. Dieses kann daran liegen, weil das Erinnerungsvermögen der Beschuldigten nachgelassen hat, aber auch, weil die Beschuldigten versuchen, die Tat mit all ihren belastenden Momenten zu ihren Gunsten auszulegen. Die endgültige Klärung des Sachverhaltes muß damit der Hauptverhandlung überlassen bleiben. Die entscheidende Frage, war die betreffende Person zu dem Zeitpunkt, als sie in die Jauchengrube geworfen wurde, schon tot, konnte ebenfalls heute nicht mehr geklärt werden.«

Und VP-Rat Müller nimmt Stellung zur Schuldfrage: »Der Beschuldigte Hegewald, Reinhold, hat durch seine Tat einen Menschen getötet. Er ist für seine Tat voll verantwortlich. Doch dürfte für ihn sprechen, daß er die Tat in Erregung begangen hat, nach der Bedrohung seiner Ehefrau, wenn man den Angaben des Beschuldigten Glauben schenkt.

Der Beschuldigte Jäger, Erich, hat durch sein Handeln die Tat begünstigt, in dem er an der Beiseiteschaffung der Leiche beteiligt war. Hierbei ist aber in Betracht zu ziehen, daß für ihn ein erheblicher Moment persönlicher Gefahr bestanden hat, wenn die Tat durch hinzukommende Soldaten entdeckt worden wäre.

Die Beschuldigte Hegewald hat die Tat ebenfalls durch ihre Handlung begünstigt. Doch dürfte für sie dasselbe wie für Jäger zutreffen.

Der Beschuldigte Herrmann, Fred, hat durch sein Handeln die Möglichkeit gegeben, eine Leiche ohne Berechtigung zu beerdigen. Als Friedhofsmeister mußte er sich im Klaren sein, daß dieses nach den bestehenden Strafgesetzen nicht zulässig ist.«

Es folgt eine »Charakteristik der Beschuldigten

Reinhold Hegewald: Hegewald gab die Tat nach anfänglichem Leugnen zu. Er bemühte sich aber offensichtlich, die Schuld zu einem großen Teil auf Jäger abzuwälzen. Er weiß genau, daß er für seine Tat verantwortlich ist, versucht aber doch, die Dinge zu bagatellisieren. In seinen ersten Vernehmungen sagte er aus, daß Jäger die Tat begangen habe. Der Wahrheit die Ehre zu geben, ist Hegewald wahrscheinlich auch heute noch nicht bereit, obwohl man sich des Eindrucks nicht erwehren kann, daß Hegewald auch heute noch alle Einzelheiten im Kopf hat. Hegewald wurde zur damaligen Zeit Bürgermeister und hat seit dieser Zeit langsam aber sicher den Boden unter den Füßen verloren. Dies hatte zur Folge, daß Hegewald erneut straffällig wurde. Wegen Wirtschaftsvergehen saß Hegewald mit den anlaufenden

Ermittlungen zu diesem Vorgang ein. Während der Vernehmungen zeigt Hegewald ein großes Maß an Nervosität und Unbeherrschtsein.

Jäger wurde erstmalig in Berlin zur Sache vernommen. Hier wurde von Jäger alles abgeleugnet. Erst als er sah, daß inzwischen von Hegewald und dessen Ehefrau alles gesagt worden war, bzw. daß die Polizei mehr Kenntnis von den Dingen hatte, bequemte sich Jäger zu einem Geständnis. Er begründete sein anfängliches Leugnen damit, daß er sein Versprechen gegeben hätte und dieses auch halten wollte. Er machte in seinen Vernehmungen von allen Beschuldigten den besseren Eindruck, und seine Angaben kamen so, daß man denselben in den wesentlichen Punkten Glauben schenken kann. Für ihn belastende Momente versucht er natürlich ebenfalls zu bagatellisieren. Bei seinen Vernehmungen war Jäger ruhig und sachlich und brachte immer wieder zum Ausdruck, daß er sich bei dieser Straftat nicht schuldig fühlte.

Die Ehefrau des Hegewald gab ihre Erklärungen nicht klar und einwandfrei. Man könnte den Eindruck gewinnen, daß sie belastende Momente noch stärker herausstreicht, als sie ggf. überhaupt waren. Das kann daran liegen, daß die Hegewald mit dem Jäger ein Verhältnis unterhalten hat, wegen diesem sogar ihre Familie im Stich ließ, aber später wieder zurückkehrte. Zum anderen aber, weil das Eheleben der Hegewalds wahrscheinlich nicht mehr zum Besten war.«

Am 3. Oktober 1950 »wird mitgeteilt, daß das Verfahren gegen Jäger auf Grund des Gesetzes der Deutschen Demokratischen Republik über die Gewährung von Straffreiheit vom 18.3.1950 eingestellt worden ist«. Hulda Hegewald war bereits am 12. Juli aus der Haft entlassen worden. Die Prozessakte zu Reinhold Hegewald ist verschollen …

2016 preist der Werbeauftritt der Stadt Frauenstein: »Genießen Sie im Urlaub die Ruhe und lassen die Seele bei einer ausgedehnten Wanderung rund um Frauenstein baumeln – Ihnen steht ein gepflegtes Wanderwege-Netz für einen erholsamen Urlaub zur Verfügung. Wer sich für einen Besuch in den Wintermonaten entscheidet, erlebt Frauenstein und das Erzgebirge in einer seiner schönsten Jahreszeiten – hell erleuchtet im Glanz der vorweihnachtlichen Zeit. Und auf kilometerlangen Loipen lässt sich die Schönheit der Umgebung immer wieder aufs Neue einfangen.

Dank seiner zentralen Lage bietet sich Frauenstein auch als idealer Ausgangspunkt für Tagestouren in alle Richtungen an. Egal, ob ein Besuch in Dresdens Museen, ein Ausflug zur Bergstadt Freiberg oder das Eintauchen in die Bergbaugeschichte auf dem Programm steht – Frauenstein bietet die perfekte Basis für jeden Urlaub. Und damit Sie als Besucher jeden Tag in Frauenstein genießen können, sorgen Restaurants, Hotels und private Ferienwohnungen für Ihr Wohlergehen.

Die im Mittelalter gegründete Stadt Frauenstein sorgt aber mit noch weit mehr als nur der landschaftlichen Schönheit für einen gelungenen Urlaub. Burgruine, Schloss und Kirche zeugen von einer langen Tradition und Stadtgeschichte, die sich nahtlos in die Bergbaugeschichte des Erzgebirges einfügt. Aber nicht nur Silberfunde haben Frauenstein und das Erzgebirge berühmt gemacht – auch Gottfried Silbermann ist untrennbar mit der Geschichte Frauensteins verbunden und hat im Gottfried-Silbermann-Museum eine angemessene Ehrung gefunden. Liebhaber klassischer Musik können den Klängen einer Silbermann-Orgel lauschen und im Rahmen unterschiedlichster Konzerte und verschiedenster Veranstaltungen alle Sinne verwöhnen lassen.

Kommen Sie zu uns – die Silbermannstadt Frauenstein freut sich auf Ihren Besuch.«

Bleibt zu erwähnen, dass im Jahre 2013 zu Füßen dieser Stadt der *Kannibale vom Gimmlitztal* Schlagzeilen machte:

»Der Fall sorgte im November 2013 für bundesweites Aufsehen: Ein Kriminalbeamter zerstückelt die Leiche eines Geschäftsmannes aus Hannover. Das Opfer träumte davon, geschlachtet und verspeist zu werden. Es war Mord, hat das Gericht am Mittwoch festgestellt. Der Kriminalbeamte hatte immer behauptet, den Mann nicht getötet zu haben. Die Männer waren im Oktober 2013 in einem *Kannibalen*-Forum im Internet aufeinandergestoßen: Der eine suchte seit Jahren nach jemandem, der ihn schlachtet und verspeist. Der andere träumte vom Zerstückeln einer Leiche. Am 4. November fuhr der Hannoveraner Geschäftsmann mit dem Bus nach Sachsen, vier Wochen später wurden seine Überreste hinter der Pension des Angeklagten im Gimmlitztal bei Reichenau im Osterzgebirge gefunden. Die Staatsanwaltschaft vermutet sexuelle Motive. Bei seiner Festnahme Ende November 2013 hatte der Kriminalbeamte behauptet, dem Opfer die Kehle durchgeschnitten zu haben. Später widerrief er dieses Geständnis. Er hatte das Geschehen im Keller zwar gefilmt. Das gelöschte und von den Ermittlern rekonstruierte Video zeigt aber nicht, wie der 59-Jährige zu Tode kam. Die genaue Todesursache bleibt damit unklar, laut Rechtsmedizin erstickte oder verblutete das Opfer. Die Schwurgerichtskammer befragte insgesamt fünf Sachverständige und 23 Zeugen, die teilweise Einblick in eine bizarre Welt der Perversion und sexueller Rollenspiele gaben. Gutachter sahen bei dem Angeklagten keine psychische Störung, jedoch narzisstische Züge und eine unstillbare sexuelle Erfahrungssuche.«

Das *Ferienheim Gimmlitztal*, in der das grausam Makabre geschah, hat für Touristen unter neuem Namen *Sommerfrische Illingmühle – Die Weinputtenpension* wieder geöffnet. Auch das Haus Freiberger Straße 89 ist renoviert und schön anzusehen.

Jede Idylle kennt Schattenseiten, über die keiner gern spricht. Doch irgendeiner weiß immer davon zu berichten.

Am Abend machte die Hexe dem Soldaten den Vorschlag, noch eine Nacht bei ihr zu bleiben. »Du sollst mir morgen eine geringe Arbeit tun, hinter meinem Hause ist ein alter, wasserleerer Brunnen, in den ist mir mein Licht gefallen, es brennt blau und verlischt nicht, das sollst du mir wieder heraufholen.« Den andern Tag führte ihn die Alte zu dem Brunnen und ließ ihn in einem Korb hinab. Er fand das blaue Licht und machte ein Zeichen, dass sie ihn wieder hinaufziehen sollte. Sie zog in auch in die Höhe, als er aber dem Rand nahe war, reichte sie die Hand hinab und wollte ihm das blaue Licht abnehmen. »Nein«, sagte er und merkte ihre bösen Gedanken, »das Licht gebe ich dir nicht eher, als bis ich mit beiden Füßen auf dem Erdboden stehe.« Da geriet die Hexe in Wut, ließ ihn wieder hinab in den Brunnen fallen und ging fort.

Brüder Grimm: *Das blaue Licht*

Postmeisters Hinterlassenschaft

Eine Geschichte vom harten Kampf der Genossen um das Erbe

Also machten sie sich auf nach der Gegend, wo das Licht war, und sahen es alsbald heller schimmern, und es ward immer größer, bis sie vor ein hell erleuchtetes Räuberhaus kamen. Der Esel, als der Größte, näher sich dem Fenster und schaute hinein. »Was siehst du, Grauschimmel?«, fragte der Hahn. »Was ich sehe?«, antwortete der Esel, »einen gedeckten Tisch mit schönem Essen und Trinken, und Räuber sitzen daran und lassen's sich wohl sein.« – »Das wäre was für uns«, sprach der Hahn. »Ja, ja, ach, wären wir da«, sagte der Esel. Da ratschlagten die Tiere, wie sie es anfangen müssten, um die Räuber herauszujagen, und fanden endlich ein Mittel. Der Esel musste sich mit den Vorderfüßen auf das Fenster stellen, der Hund auf des Esels Rücken springen, die Katze auf den Hund klettern, und endlich flog der Hahn hinauf und setzte sich der Katze auf den Kopf. Wie das geschehen war, fingen sie auf ein Zeichen insgesamt an ihre Musik zu machen; der Esel schrie, der Hund bellte, die Katze miaute, und der Hahn krähte; dann stürzten sie durch das Fenster in die Stube hinein, dass die Scheiben klirrten.

Brüder Grimm: *Die Bremer Stadtmusikanten*

Wie man sich bettet, so liegt man, ist deutscher Spruch und Weisheit. Wohnung, Heim und eigener Herd sind seit je, von den Mietskasernen der Industrialisierung über die nationalsozialistischen und sozialistischen Wohnungsbauprogramme bis hin zu den derzeitigen Diskussionen um Mietpreisbremsen und Eigenheimförderungen, eine Frage politischer

Dimension. Raum muss existieren, wo der Staatsbürger seine Ruhe findet, sich geborgen fühlt und sich geborgen fühlen kann. Das war gestern so und ist es heute. Politiker haben diese Sehnsucht der Bevölkerung stets erkannt und zu ihrem Thema gemacht.

Ausstattung und Anspruch an die *eigenen vier Wände* haben sich gewandelt, Zeit und Verhältnissen stets angepasst. Ohne die technischen Errungenschaften wie fließend warmes Wasser, Heizung, Gas und Licht scheint das Leben in den Bauernkaten und Straßenschluchten vergangener Jahrhunderte kaum noch vorstellbar, geschweige denn gemütlich: Klo halbe Treppe. Wasser in Eimern aus der Plumpe. Petroleumlampen statt Licht per Knopfdruck. In einem Zimmer hausten Vater, Mutter, Kind, meist auch die Großeltern. Intimität schien ausgeschlossen oder vor den Augen und Ohren der Familie nur begrenzt möglich. Ein eigenes Zimmer, eine eigene Wohnung ganz für sich allein zu haben, war/ist Ziel jeder *jungen Generation,* unabhängig des Besitzstands ihrer Eltern. Erst die eigene Wohnung wird Heimstatt und Zuhause. Zweifellos ist man bereit, dafür zu kämpfen. Ohne Rücksicht. Ohne Hemmung. Mit allen Tricks. Und wenn es sein muss, mit Gewalt. Beamte in den Wohnungsämtern klagen: »Die Kollegen seien fast täglich mit psychischer Gewalt konfrontiert. Beleidigungen, Beschimpfungen und sogar Bedrohungen stünden an der Tagesordnung. Auch erhielten die Beschäftigten regelmäßig die verschickte Post mit Fäkalien beschmiert zurück. So habe sich vor Weihnachten ein Täter gewaltsam Zugang zum Gelände verschafft, Zäune zerschnitten, Farbbomben geworfen und mit einer Axt in der Hand die Pforte überwunden.« Gar zu Morden ist in Behördenräumen schon gekommen.

Die Klassiker des Marxismus / Leninismus hatten die Priorität der Wohnungsfrage bereits erkannt und festgeschrieben. Friedrich Engels (1887): »Die sogenannte Wohnungsnot, die heutzutage in der Presse eine so große Rolle spielt, besteht nicht darin, daß die Arbeiterklasse überhaupt in schlechten, überfüllten, ungesunden Wohnungen lebt. *Diese* Wohnungsnot ist nicht etwas der Gegenwart Eigentümliches; sie ist nicht einmal eins der Leiden, die dem modernen Proletariat, gegenüber allen frühern unterdrückten Klassen, eigentümlich sind; im Gegenteil, sie hat alle unterdrückten Klassen aller Zeiten ziemlich gleichmäßig betroffen. Um *dieser* Wohnungsnot ein Ende zu machen, gibt es nur *ein* Mittel: die Ausbeutung und Unterdrückung der arbeitenden Klasse durch die herrschende Klasse überhaupt zu beseitigen. – Was man heute unter Wohnungsnot versteht, ist die eigentümliche Verschärfung, die die schlechten Wohnungsverhältnisse der Arbeiter durch den plötzlichen Andrang der Bevölkerung nach den großen Städten erlitten haben; eine kolossale Steigerung der Mietspreise; eine noch verstärkte Zusammendrängung der Bewohner in den einzelnen Häusern, für einige die Unmöglichkeit, überhaupt ein Unterkommen zu finden. Und *diese* Wohnungsnot macht nur soviel von sich reden, weil sie sich nicht auf die Arbeiterklasse beschränkt, sondern auch das Kleinbürgertum mit betroffen hat.

Die Wohnungsnot der Arbeiter und eines Teils der Kleinbürger unserer modernen großen Städte ist einer der zahllosen *kleineren*, sekundären Übelstände, die aus der heutigen kapitalistischen Produktionsweise hervorgehen. Sie ist durchaus nicht eine direkte Folge der Ausbeutung des Arbeiters, *als* Arbeiter, durch den Kapitalisten. Diese Ausbeutung ist das Grundübel, das die soziale Revolution abschaffen will, indem sie die kapitalistische Produktionsweise abschafft. Der Eckstein der kapitalistischen Produktionsweise aber ist die Tatsache: daß unsere jetzige Gesellschaftsordnung den Kapitalisten in den Stand setzt, die Arbeitskraft des Arbeiters zu ihrem Wert zu kaufen, aber weit mehr als ihren Wert aus ihr herauszuschlagen, indem er den Arbeiter länger arbeiten läßt, als zur Wiedererzeugung des für die Arbeitskraft gezahlten Preises nötig ist. Der auf diese Weise erzeugte Mehrwert wird verteilt unter die Gesamtklasse der Kapitalisten und Grundeigentümer, nebst ihren bezahlten Dienern, vom Papst und Kaiser bis zum Nachtwächter und darunter. Wie diese Verteilung sich macht, geht uns hier nichts an; soviel ist sicher, daß alle, die nicht arbeiten, eben nur leben können von Abfällen dieses Mehrwerts, die ihnen auf die eine oder andere Art zufließen. (Vergleiche Marx, *Das Kapital,* wo dies zuerst entwickelt.)

Die Verteilung des durch die Arbeiterklasse erzeugten und ihr ohne Bezahlung abgenommenen Mehrwerts unter die nicht arbeitenden Klassen wickelt sich ab unter höchst erbaulichen Zänkereien und gegenseitiger Beschwindelung; soweit diese Verteilung auf dem Wege des Kaufs und Verkaufs vor sich geht, ist einer ihrer Haupthebel die Prellerei des Käufers durch den Verkäufer, und diese ist im Kleinhandel, namentlich in den großen Städten, jetzt eine vollständige Lebensbedingung für den Verkäufer geworden. Wenn aber der Arbeiter von seinem Krämer oder Bäcker am Preis oder an der Qualität der Ware betrogen wird, so geschieht ihm das nicht in seiner spezifischen Eigenschaft als Arbeiter. Im Gegenteil, sowie ein gewisses Durchschnittsmaß von Prellerei die gesellschaftliche Regel an irgendeinem Orte wird, muß sie auf die Dauer ihre Ausgleichung finden in einer entsprechenden Lohnerhöhung. Der Arbeiter tritt dem Krämer gegenüber als Käufer auf, d. h. als Besitzer von Geld oder Kredit, und daher keineswegs in seiner Eigenschaft als Arbeiter, d. h. als Verkäufer von Arbeitskraft. Die Prellerei mag ihn, wie überhaupt die ärmere Klasse, härter treffen als die reicheren Gesellschaftsklassen, aber sie ist nicht ein Übel, das ihn ausschließlich trifft, das seiner Klasse eigentümlich ist.

Geradeso ist es mit der Wohnungsnot. Die Ausdehnung der modernen großen Städte gibt in gewissen, besonders in den zentral gelegenen Strichen derselben dem Grund und Boden einen künstlichen, oft kolossal steigenden Wert; die darauf errichteten Gebäude, statt diesen Wert zu erhöhn, drücken ihn vielmehr herab, weil sie den veränderten Verhältnissen nicht mehr entsprechen; man reißt sie nieder und ersetzt sie durch andre. Dies geschieht vor allem mit zentral gelegenen Arbeiterwohnungen, deren Miete, selbst bei der größten Überfüllung, nie oder doch nur äußerst langsam über ein gewisses Maximum hinausgehn kann. Man reißt sie nieder und baut Läden, Warenlager, öffentliche Gebäude an ihrer Stelle. Der Bonapartismus hat durch seinen Haussmann (Stadtplaner) in Paris diese Tendenz aufs kolossalste zu Schwindel und Privatbereicherung ausgebeutet; aber auch durch London, Manchester, Liverpool ist der Geist Haussmanns geschritten, und in Berlin und Wien scheint er sich ebenso heimisch zu fühlen. Das Resultat ist, daß die Arbeiter vom Mittelpunkt der Städte an den Umkreis gedrängt, daß Arbeiter- und überhaupt kleinere Wohnungen selten und teuer werden und oft gar nicht zu haben sind, denn unter diesen Verhältnissen wird die Bauindustrie, der teurere Wohnungen ein weit besseres Spekulationsfeld bieten, immer nur ausnahmsweise Arbeiterwohnungen bauen.«

Verbrechen im Zusammenhang mit Überbelegung und Wohnungsmangel war der Gesellschaft niemals nicht fremd. Auch der DDR-Krimi thematisierte sie – Steffen Mohr: *Klammeraffe;* Rolf Römer: »Schuldig«; Tom Wittgen: *Die letzte S-Bahn* – und widersprach damit bewusst dem propagierten Gesellschaftsbild. Auch in heutigen Genre-Produktionen sieht und liest man von den Problemen der Obdachlosigkeit, hausgemachten Generationskonflikten, Wohnnomaden oder strittigen Wohneigentumsverhältnissen. Ein getreues Abbild der gesellschaftlichen Realitäten bei »Tatort« (»Der Fremdwohner«), »SOKO Wismar« (»Wohnung mit Aussicht«) oder G-man-Jerry-Cotton-Heft (*Wenn Haie lächeln*).

Kriege verursachen menschliches Leid, Elend, Flucht, Psychosen, seine Zerstörungen massenweise Wohnungsnot. Sachsens Kapitale wurde für sinnlosen Bombenterror Fanal und Sinnbild. Die Stadt wurde (fast) ausradiert, die Zivilbevölkerung war das Opfer.

»In den 37 Stunden zwischen dem späten Abend des 13. Februar 1945 und dem Mittag des 15. Februar 1945 wurde Dresden zum Ziel von vier alliierten Luftangriffen. Zunächst bombardierten in der Nacht zum 14. Februar 1945 knapp 800 Bomber des britischen *Bomber Command* in zwei aufeinander folgenden Angriffen das Stadtgebiet. Sie erzeugten großflächige Brände, die sich zu einem vernichtenden Feuersturm vereinigten. Nur Stunden später, am Mittag des 14. Februar 1945, setzten reichlich 300 Bomber der USA AF den Angriff fort. Am darauf folgenden Mittag folgten noch einmal mehr als 200 US-amerikanische Bomber. Bei diesen vier Luftangriffen waren etwa 2400 Tonnen Sprengbomben und – für Dresden von besonders verheerender Wirkung – fast 1500 Tonnen Brandbomben über der Stadt abgeworfen worden. Weite Teile der zentralen Stadtgebiete wurden nahezu vollständig zerstört. Zahlreiche Menschen, die sich in der Stadt aufgehalten hatten, starben. Zwei fotografische Motive, die heute den Bildikonen des 20. Jahrhunderts zugerechnet werden, symbolisieren diese bauliche und menschliche Dresdner Katastrophe. Auf einer Fotografie von Richard Peter sen. scheint eine der Skulpturen am Rathausturm mit anklagender Geste auf die weiten Trümmerflächen zu weisen. Fotografien von Walter Hahn zeigen die in den Straßen und Kellern der Stadt geborgenen und dann auf dem Dresdner Altmarkt aufgeschichteten und verbrannten Toten. Die Bildsymbole stehen heute stellvertretend für das schon im Februar 1945 entstandene Erzählbild der *Zerstörung Dresdens,* in dem nicht weniger als die Annahme einer fast vollständigen Auslöschung der Stadt und ihrer Menschen anklingt. Bevor sich die Betroffenen ein Bild vom Ausmaß der Zerstörungen machen konnten, hatten die Dresdner Behörden bereits damit begonnen, zu bergen und zu registrieren – noch in der Nacht des Feuersturms in den äußeren Stadtteilen, im zentralen *Schadensgebiet* ab Nachmittag des 14. Februar.« Die Wissenschaftler der Historikerkommission beziffern den Verlust an Menschenleben heute auf knapp 25 000.

Auch »zu den ungeheuren Schäden in der Stadt liegen bei einer genauen Betrachtung keine eindeutigen Angaben vor. Das Totalschadensgebiet in Dresden umfasste rund zwölf Quadratkilometer, mit den schwerbeschädigten Gebieten waren ca. 15 Quadratkilometer betroffen. Die Trümmermassen betrugen über zehn Millionen Kubikmeter. Andere Quellen schätzen 17 Millionen Kubikmeter. Die Zusammenfassung der genannten Zahlen lässt aber klar erkennen, dass die tatsächlich beräumte Trümmermenge zwischen 10 und 15 Millionen Kubikmeter liegt. Die ungeheuren Schäden betrafen in erster Linie das Stadtzentrum wie auch die dicht besiedelten Wohngebiete in der Neustadt, die Südvorstadt und Johannstadt und zogen sich in südöstlicher Richtung hin bis nach Gruna, wo heute nur noch der alte Baumbestand den ehemaligen Dorfkern erkennen lässt. Da bezüglich des Wohnungsbestandes in der Stadt von 1944 bis 1946 gleichfalls abweichende Angaben zu finden sind, sollen hier die amtlichen Zahlen der *Dresdner Statistik* vom April 1946, herausgegeben vom Statistischen Amt der Stadt Dresden, verwendet werden – wobei es sich hier offensichtlich um abgerundete Zahlen handelt:

- Wohnungsbestand Ende 1944: 222 000 Wohnungen
- Als Totalschäden: 75 000 Wohnungen
- Schwer getroffen wurden: 11 000 Wohnungen
- Mittelschwer getroffen wurden: 7000 Wohnungen
- Leicht getroffen wurden: 81 000 Wohnungen

Danach haben lediglich etwa 48 000 Wohnungen – sie entsprechen etwa 21 Prozent des ehemaligen gesamten Wohnungsbestandes – die schweren Bombenangriffe unbeschädigt überstanden.« Ausgebombte und Flüchtlinge suchten nach dem *Dach übern Kopf* und besetzten auch illegal die Räume, wo ihnen Wohnen möglich schien. Widerspruchslos gab niemand diese Zimmer auf: Häuserkampf in Dresden, 1946.

Hans Martin Bogadke hatte den Angriff überlebt. Er war jenseits der gelebten siebzig Jahre und wohnte am südlichen Elbhang in Dresden-Briesnitz sehr gediegen: Auf der Scheibe 4, Erdgeschoss. Vier Zimmer, Küche, Bad. Aufgrund der Kriegszerstörung und mangelnden Wohnraums hatte er den Ehepaaren Waldner und Gieß je ein Zimmer in seiner Vierraumwohnung überlassen. Das galt auch der Behörde als vorbildlich. Über die privaten Beziehungen der Bewohner berichten die Akten nichts. Man wird sich gekannt haben. Ein Freundschaftsdienst in Nachkriegsnot.

Hans Martin Bogadke war Beamter bei der Post gewesen und hatte arbeitslebenslang seinen Dienst zuverlässig versehen. Seine Frau war verstorben, Sohn Hannes nach dem Kriege in den Westen verzogen ohne Absicht einer Rückkehr. Anzunehmen ist, dass der alte Mann seinem Sohn nicht nachziehen wollte, sondern beabsichtigte, seine letzten Lebensjahre in der Heimat zu verbringen, dem stattfindenden gesellschaftlichen Wandel zum Trotz. Bogadkes Wohnhaus war vom Krieg verschont geblieben. Der Postinspektor hatte Kameraden, eben auch jene Gieß' und Waldners, mit denen er sich zum Skat und Bier in der Kneipe traf. Manchmal spielte man auch in den eigenen vier Wänden. Das Viertel kannte ihn und achtete den Beamten i. R. Bogadke wird dem Berufsbild und dessen angenommenen Gebaren entsprochen haben, welche man sich gemeinhin von vorbildlichen Staatsdienern macht. »Vor einem Schalter stehen: das ist das deutsche Schicksal. Hinter dem Schalter sitzen: das ist das deutsche Ideal«, meinte Kurt Tucholsky.

Doch der gediente Postinspektor spürte bei aller Lebenslust sein Alter und machte sich Gedanken, was aus seinem Besitz und den Habseligkeiten würde, wenn er eines Tages nicht mehr sein würde. Hans Martin Bogadke unterschrieb nach überlebtem Grauen sein eigenes Testament.

»Dresden, am 21. Juli 1945

Vor mir, dem unterzeichneten Notar Wilhelm Bruno Achleitner mit dem Amtssitz in Dresden, erschien in meiner Kanzlei in Dresden-A., Cossebauder Straße 11, der Postinspektor a. D., Herr Hans Martin Bogadke, wohnhaft in Dresden-A., Auf der Scheibe 4, wies sich durch Pol. Anmeldung, 8. Pol.-Rev. Dresden, vom 21.4.1943 zur Person aus und erklärte, ein Testament durch mündliche Erklärung errichten zu wollen.

Aus meinem persönlichen Eindruck und aus der Unterhaltung habe ich die Überzeugung erlangt, daß der Erblasser testierfähig ist.

Er erklärte seinen Letzten Willen wie folgt:

1. Zu meinem alleinigen Erben setze ich meinen Sohn, Hannes Otto Karl Bogadke, zur Zeit in Buxtehude, Harburger Straße 5, ein.
2. Mein Kapitalvermögen besteht aus:
   a) dem Sparkonto Nr. 36188 bei der Sparkasse Dresden von 620,22 RM
   b) dem Sparkonto Nr. 3663 bei dem Post-Spar- und Darlehensverein zu Dresden von 225,72 RM
   c) dem Eisernen Sparkonto Nr. 3663 bei dem selben Verein 644,23 RM
   d) dem Postsparkonto 2265050 von 350,-- RM
   e) der Darlehensforderung an Dr. Emil Weiszbrodt in Dresden (Schuldschein vom 1.10.1943) 1000,- RM

f) den beiden Sterbeversicherungen bei dem Sterbekassenverein für Reichspostbeamte von zusammen 1024,-- RM
3864,17 RM

3. Der Wert meines reinen Vermögens beträgt 5.000,-- RM (fünftausend) Reichsmark – – –

Das Protokoll ist dem Erblasser vorgelesen, von ihm genehmigt und eigenhändig wie folgt unterschrieben worden:

Hans Martin Bogadke
Wilhelm Bruno Achleitner, Notar«

Das Unausweichliche trat ein: Hans Martin Bogadke verstarb am 6. Februar des Jahres 1946. Der Arzt stellte den Totenschein ohne jeden Zweifel aus. Die Todesursache war natürlich gewesen. Im engen Kreis wurde der Tote bestattet, sein Nachlass dokumentiert. Da Bogadkes Sohn, Hannes Otto Karl, als Erbe nicht in der Sowjetischen Besatzungszone lebte, nahm sich die Administration dieses Erbfalles an.

»27.5.1946

Von den in der Sache Hans Martin Bogadke beschlagnahmten Gegenständen wurde folgendes an die Verwahrstelle abgegeben:
17 Bände Brockhaus
2 Bände von Schiller
2 Bände Webers *Weltgeschichte*
1 Medizinbuch
1 Heilige Schrift
div. Gardinenstücke
Damennachthemden, Reisekoffer mit Kuchenplatte, Tischdecke, Butterdose, Heringsdose, Blumenvasen, Wäschekorb mit …, 1 Paar Filzschuhe, 12 Selbstbinder, 19 Bettlaken, 1 Gewürzkaraffe, Sofa, Gasherd, Gartentisch« usw.

All dies schafften die städtischen Angestellten aus Bogadkes Wohnung samt Nebengelassen, also aus den vier Zimmern, Kellerräumen und dem Hausgarten. Man lagerte und wartete ab, was mit den Habseligkeiten weiter geschehen sollte. Der Begünstigte des Testaments, Hannes Bogadke, musste sich melden, wohnte in Buxtehude (was der Behörde jedoch noch unbekannt) und vermied seine Anwesenheit aus politischen Gründen und Angst vor Verhaftung. Auch zum Begräbnis seines Vaters war der Sohn in Dresden nicht erschienen. Der mit dem Todesfall betraute Kriminalkommissar:

»27.5.1946

Betr. Beschlagnahme bei dem verstorbenen Postinspektor a.D. Hans Martin Bogadke, Dresden-A. 29, Auf der Scheibe 4, Erdg.

Der Verstorbene hat laut Testament seinen Sohn Hannes Bogadke, der politisch belastet und z.Zt. unbekannten Aufenthalts ist, zum Alleinerben eingesetzt. Als Testamentsvollstrecker wurde der Lokalrichter Oswin Barthel, Dresden-A. 29, Warthaer Straße 74, bestellt. Zwischen dem Wohnungsamt und dem Testamentsvollstrecker sind in dieser Nachlaßsache in bezug auf das Verfügungsrecht über die Möbel Differenzen entstanden. Die Rechtsabteilung des Wohnungsamtes bemüht sich seit drei Monaten, die Streitfrage zu klären, eine Entscheidung war aber von dort aus auch jetzt noch nicht zu erwarten.

Ich habe jetzt festgestellt, daß Hannes Bogadke aktiver Nationalsozialist war. Bogadke war Mitglied der SA seit 1933 und war als Scharführer im Standartenstab 26 führend tätig. Er bekleidete auch das Amt eines Sportreferenten in der SA.

Auf Grund seiner politischen Vergangenheit fällt Hannes Bogadke unter Befehl 124 der S.M.A. (der Sowjetischen Militär-Administration). Der ihm zugesprochene Nachlaß wurde daher beschlagnahmt.

Sämtliche Möbel, Teppiche, teilweise auch Geschirr und andere Gebrauchsgegenstände, soweit diese nicht als Luxus anzusehen sind, werden in der Wohnung belassen und dem Wohnungsamt der Bezirksverwaltung III übergeben. Die Wohnung wird also vollkommen eingerichtet dem Wohnungsamt zur Verfügung gestellt. Sämtliche Wäsche, Bekleidungsstücke und das restliche Geschirr werden an das Kriminalamt Dresden, Verwahrstelle, abgegeben.«

Einen Monat später, am 23. Mai 1946, schreibt der Kriminalkommissar die Sache betreffend an Lokalrichter Oswin Barthel: »Von einer Weiterbearbeitung in der Nachlaßsache Bogadke sind Sie als Testamentsvollstrecker in diesem Fall entbunden. Sie werden aufgefordert, alle aus der Wohnung bzw. aus dem Nachlaß des verstorbenen Hans Martin Bogadke stammenden und in Ihrer persönlichen Verwahrung befindlichen Gegenstände, wie Teppich, Chaiselongedecke, Sprungdeckeluhr mit Doubleekette, silberne Taschenuhr mit Doubleekette, Doubleearmbanduhr, Trauring gez. M.T. 22.1.1898 (585), 1 def. Ring (333), 1 Damenring mit Saphir (585), 1 Geldtasche mit einem Silber-Zweimark-Stück, 1 Aktentasche, 1 Schreibmaschine und sämtliche Sparkassenbücher, im 8. Pol.-Revier, Kriminaldienststelle, Roquettestr. 59, I. Stock, Zimmer 8 abzuliefern.

Die bis jetzt entstandenen Unkosten für Sie als Testamentsvollstrecker werden Ihnen durch die hiesige Dienststelle nach Vorlage der Unterlagen vergütet.

Um Komplikationen zu vermeiden, weise ich Sie darauf hin, daß die Rückgabe der in Ihrem Besitz befindlichen Gegenstände dringlich ist.«

Darauf versucht Lokalrichter Barthel als betrauter Testamentsvollstrecker spitzfindig, indem er nicht nur die aktive Nazimitgliedschaft einfach missversteht, sondern auch die sozialistische Propaganda in seinem Interesse interpretiert, das Erbe dem Erben zu sichern. Barthel entgegnet dem Landeskriminalamt auf der Marienallee:

»31.5.1946

Am 6. Februar 1946 ist der Postinspektor i. R. Hans Martin Bogadke verstorben.

Der Erblasser war n i c h t Pg.

Der Erblasser hat mich in einem Nachtrag zu seinem Testament zum Testamentsvollstrecker bestellt.

Abschrift meines Testamentsvollstrecker-Zeugnisses = Beilage 1

Der Alleinerbe ist der Sohn des Erblassers u. zw. der Maschinenbau-Ingenieur Hannes Bogadke in Buxtehude, Harburger Straße 5.

Das Wohnungsamt hat den Nachlaß beschlagnahmt.

Abschrift der Beschlagnahme = Beilage 2

Das Kriminalamt Dienststelle 7/8 Revier hat lediglich die Literatur, verschied. Uniformstücke und eine Schreibmaschine beschlagnahmt.

Am 23.5.1946 erhielt ich eine zweite Beschlagnahme u. zw. von der Kriminaldienststelle 7/8 Revier.

Abschrift der zweiten Beschlagnahme = Beilage 3

Ich habe an das Wohnungsamt einen Freigabeantrag gerichtet.

Abschrift dieses Antrages = Beilage 4

Das Wohnungsamt hat die Beschlagnahme bis jetzt nicht aufgehoben, und deshalb kann ich zur Zeit die Übergabe an das Krim. Amt 7/8 Revier nicht vornehmen.

Da ein Nachlaß nicht von z w e i Behörden beschlagnahmt werden kann, beantrage ich hiermit die zweite Beschlagnahme als ungültig zu erklären.

Eine gesetzliche Bestimmung, wie sie s. Zt. von der Naziregierung hinsichtlich des Erbrechts an Judenvermögen bestand, ist nicht erlassen worden. Demzufolge nehme ich an, daß die Beschlagnahme nach Befehl 124 d. S.M.A. unzulässig ist.

In der *Sächsischen Zeitung* vom 28.5.'46 ist folgendes veröffentlicht worden:

›Privateigentum gesichert!

Walter Ulbricht, Mitglied des Zentralsekretariats der SED, schreibt im *Neuen Deutschland* zur Übereignung der Großbetriebe der Faschisten und Kriegsverbrecher:

Im Zusammenhang mit der Übereignung der größeren Betriebe der Kriegsverbrecher und aktiven Nazis an die Länder und Provinzen muß eindeutig erklärt werden, daß das Privateigentum gesichert ist, d.h. keine Behörde hat das Recht, irgendwelchen Personen ihr Eigentum zu entziehen. Das kann künftig nur durch ordentlichen Gerichtsbeschluß geschehen.

Da ich für den Nachlaß verantwortlich bin, bitte ich um Klarstellung dieser Sache.«

Damit kann der Streit ums Erbe nicht beendet sein. Der Nachlass des Postinspektors i. R. sorgt weiterhin für Streit, wird zum anwaltlichen Kompetenzgerangel, gar zum Politikum.

»18.6.1946

Stellungnahme des Sachbearbeiters in der Sache Hans Martin Bogadke

Der Testamentsvollstrecker in der Sache Bogadke, Lokalrichter Oswin Barthel, hat ein Schreiben an das Landeskriminalamt gerichtet, mit dem Ersuchen, die Beschlagnahme Bogadke rückgängig zu machen. Sein Ersuchen begründet er damit, daß der Verstorbene Hans Martin Bogadke nicht Mitglied der NSDAP war, weiter bestehen jetzt keine ähnlichen gesetzlichen Bestimmungen, wie z. Zt. der Nazis bezüglich des Erbrecht an Juden. Die Beschlagnahme wäre nach *seiner Ansicht* laut Befehl 124 unzulässig. Der Lokalrichter Oswin Barthel hat in seinem Schreiben an das Landeskriminalamt, ich nehme an, vergessen anzuführen, daß der in Frage kommende Erbe aktiver Nazist war.

Es geht dem Testamentsvollstrecker nicht darum, dem Erben Hannes Bogadke, der in Buxtehude leben soll, weil ihn die sowjetisch-besetzte Zone auf Grund seiner politischen Vergangenheit nicht zusagt, den Nachlaß zu sichern, sondern Herr Lokalrichter Barthel möchte den gesamten Nachlaß in seiner Eigenschaft als Testamentsvollstrecker selbst *verkaufen*. Mir ist bekannt, daß der Lokalrichter Barthel verschiedenen Personen, die zu seinem engeren Bekanntenkreis zählen, bereits zugesagt hat, aus der Nachlaßsache Bogadke verschiedene Möbelstücke zu verkaufen. Darunter auch an den Rechtsanwalt Dr. Mehlhammer, früherer Rechtsberater in Scheidungssachen bei Angehörigen der SA, der auch jetzt als Reaktionär bekannt ist. Wahrscheinlich auf dessen Anraten hat Herr Lokalrichter Barthel den Versuch unternommen, die Beschlagnahme rückgängig zu machen. Herr Dr. Mehlhammer ist ausgebombt, er hat daher Interesse daran, daß über den Nachlaß des Bogadke der Lokalrichter Barthel verfügt. Also nur aus Gründen persönlicher Bereicherung wurde gegen die Beschlagnahme Einspruch erhoben.

Laut Befehl 124 der S.M.A. besteht die Beschlagnahme zu Recht.«

Auf dieser Amtsebene ist der Streit nicht mehr zu schlichten. Der Testamentsvollstrecker wendet sich an die übergeordnete Stelle. Diese entgegnet ihm überraschend und das Prozedere verkomplizierend:

»19.7.1946

Chef der sächs. Polizei
Auf Ihren Antrag vom 31.5.'46 wird Ihnen mitgeteilt, daß die Beschlagnahme des 7. Pol.-Rev. zu Unrecht erfolgt ist. Die Beschlagnahme des 7. Pol.-Rev. wird ausdrücklich widerrufen. Über den Antrag des Bezirkswohnungsamtes 3 entscheidet nur dieses. Die Beschlagnahme war vom Bezirkswohnungsamt auf Grund der Verordnung des Rates

der Stadt Dresden über die öffentliche Bewirtschaftung der Wohn- und Geschäftsräume vom 16.7.'45, Art. II u. V durchgeführt worden.«

Darauf folgender Briefwechsel:

»8.8.1946

Rat der Stadt Dresden, Bezirkswohnungsamt III
In der Nachlaßsache Bogadke teilen wir Ihnen mit, daß dem Wohnungsamt die in der Wohnung verbliebenen Möbel übergeben worden sind. Da der Erbe des Verstorbenen politisch belastet ist, werden die Möbel weiterhin für die Stadt Dresden sichergestellt. Wäsche und andere Gegenstände sind von der Kriminalpolizei aus der Wohnung entfernt worden und Sie müssen sich dieserhalb an das oben angegebene Kriminalamt wenden.«

Damit kann der Streit um die Habseligkeiten des Verstorbenen jedoch nicht beendet sein.

»20.8.1946

Lokalrichter Oswin Barthel
Betr. Wohnung des verstorb. Postinsp. i. R. Bogadke

Durch Verfügung des Chefs der sächs. Polizei Kriminalamt, Az. Üro 33/46 vom 19.7.1946 ist die vom 7. Polizeirevier seinerzeit ausgesprochene Beschlagnahme ausdrücklich widerrufen worden, weil sie ungesetzlich. Auf Grund dieser Verfügung steht mir der Anspruch auf Rückgabe der aus der Wohnung entfernten Gegenstände zu. Ich füge eine Abschrift des Schreibens des Rats zu Dresden, Bezirkswohnungsamt III vom 8.8.'46 bei, aus dem sich ergibt, daß das Kriminalamt bei der ungesetzlichen Beschlagnahme es fertiggebracht hat, Wäsche und andere Gegenstände aus der Wohnung zu entfernen. Nachdem die Beschlagnahme und damit die Entfernung ungesetzlich geworden ist, muß ich darum nachsuchen, daß die Kriminalpolizei dortseits angewiesen wird, die zu Unrecht entfernten Gegenstände mir als Testamentsvollstrecker unter Beifügung eines Verzeichnisses in Duplo auszuhändigen und nach meiner Wohnung zu bringen. Ich habe keine Gelegenheit, die Sachen selbst abzutransportieren, während dortseits Transportmittel zur Verfügung stehen. Mein Verlangen ist gerechtfertigt, weil durch die Entscheidung des Chefs der sächs. Polizei, Landeskriminalamt, feststeht, daß seitens der Kriminalpolizei seinerzeit ungesetzlich verfahren ist.

Außerdem bitte ich mir sofort auch die Schlüssel, die seinerzeit laut Quittung vom 21.2.'46 von mir zu Händen des Wachtmeisters Kerner vom 8. Bezirk herausgegeben worden sind, mir wieder zurückzugeben.

Ich weise daraufhin, daß die Sache dringlich ist.«

»10.9.1946

Kriminalamt Dresden, Landhausstraße 17
Der gesamte Nachlaß des verstorbenen Hans Martin Bogadke bleibt auch weiterhin vom Kriminalamt Dresden beschlagnahmt.

Die noch in Ihrem Besitz befindlichen Gegenstände, außer dem Teppich, der Ihnen bereits vom Erblasser zugesagt wurde, haben Sie an das Kriminalamt Dresden auszufolgen. Der Teppich wird Ihnen gegen Bezahlung überlassen.

Falls die Erben dagegen Einspruch erheben sollten, so verweisen Sie diese an das Kriminalamt Dresden.

Die für Sie entstandenen Unkosten werden Ihnen vom Kriminalamt Dresden vergütet.«

»20.1.1947

Kriminalamt an das Zentralwohnungsamt
Vom Kriminalamt Dresden wurde der gesamte Nachlaß des verstorbenen Hans Martin Bogadke, wohnhaft gewesen in Dresden-A., Auf der Scheibe 4, beschlagnahmt, weil der laut Testament eingesetzte Alleinerbe Hannes Bogadke aktiver Nationalsozialist war. Hannes Otto Karl B. war Sturmfüh-

rer bei der SA und hatte noch andere Funktionen innerhalb der NSDAP. 1936 wurde er mit dem *Ehrenzeichen der technischen Nothilfe* ausgezeichnet. Er hat es daher auch vorgezogen, seinen Wohnsitz nach Buxtehude – also nach einer anderen Zone – zu verlegen.

Beschlagnahmt wurden sämtliche Möbel und der Hausrat des Verstorbenen.

Zurzeit der Fliegerangriffe in Dresden, also noch zu Lebzeiten des Hans Martin Bogadke, wurden in dessen Wohnung zwei Familien bestehend aus je zwei Personen als Untermieter eingewiesen. Es handelt sich hier um die Familien Waldner und Gieß. Die genannten Familien haben nach dem Tode des Hans Martin Bogadke von dessen Wohnung Besitz ergriffen und sind dann auch bei den im Mai 1945 (1946?) und später herrschenden Verhältnissen von den neugeschaffenen und sehr überlasteten Behördenstellen belassen worden. Herr Waldner ist Nationalsozialist und wegen Verbrechen gegen die Menschlichkeit angeklagt. Er befindet sich aber gegenwärtig auf freiem Fuß, weil er von der Staatsanwaltschaft Dresden aus gesundheitlichen Gründen (!) entlassen wurde. Familie Gieß will eine antifaschistische Familie sein. Das Verhalten der letzteren läßt aber darüber Zweifel aufkommen und außerdem ist hier die politische Vergangenheit des Gieß nicht bekannt. Es wird davon gesprochen, daß Gieß während der Nazizeit eine Wehrmachtskantine geführt haben soll. Soweit uns bekannt ist, müßte dann Gieß Mitglied der NSDAP gewesen sein oder zumindest dieser Bewegung sehr nahegestanden haben.

Die Familie Gieß hat sich aus der Wohnung des Bogadke beschlagnahmtes Gut (Matratzen) angeeignet und dann die Herausgabe verweigert. Diesbezüglich ist man mir als Sachbearbeiter von seiten der Familie Gieß in einer Form entgegengekommen, die der eines Antifaschisten unwürdig ist.

Als Sachbearbeiter der Polizei habe ich in dieser Angelegenheit den überzeugenden Eindruck gewonnen, daß der mit dem Nachlaß beauftragte Friedensrichter Barthel und auch Familie Gieß, die mit dem bekannten Rechtsanwalt Dr. Mehlhammer in einem verwandtschaftlichen Verhältnis steht, bestrebt waren, diesem eigenartigen Rechtsvertreter Dr. Mehlhammer, der angeblich ausgebombt sein soll, Möbel und Wäsche aus dem Nachlaß des Bogadke zu versorgen. Durch das rechtzeitige Einschreiten der Polizei wurde diese Handlung verhindert. Rechtsanwalt Dr. Mehlhammer, früheres Mitglied des *Stahlhelm*, war während der Nazizeit Rechtsberater der SA in Scheidungsangelegenheiten. Seine antifaschistische Gesinnung hat Dr. Mehlhammer vor einigen Wochen durch seine eigene Art der Verteidigung in dem Prozeß gegen die nazistische Wachmannschaft des Dresdner Polizeigefängnisses so eindeutig unter Beweis gestellt, daß ihm sogar die *Sächsische Zeitung* unter dem Titel *Merkwürdige Art der Verteidigung* einen Artikel gewidmet hat. Es sind mehrere Fälle bekannt, die bestätigen, daß sich Dr. Mehlhammer mit großem Interesse und besonderer Vorliebe für ehemalige Pgs. und andere Faschisten einsetzt.

Aus diesen kurzen Ausführungen geht deutlich hervor, aus welchem Personenkreis sich die derzeitigen Mieter der angeführten Wohnung zusammensetzen. Es wäre daher angebracht und erwünscht, schnellstens dafür Sorge zu tragen, daß die Wohnung des verstorbenen Postinspektors Bogadke einem Antifaschisten zugewiesen wird, weil außerdem noch den derzeitigen Mietern nach den Bestimmungen der S.M.A. diese Wohnung gar nicht zusteht.«

In der *Sächsischen Zeitung* vom Sonnabend, dem 30. November 1946, war Mehlhammers Name tatsächlich im Zusammenhang erwähnt: Unter dem Titel *Merkwürdige Praktiken eines Verteidigers* bezog man parteilich Stellung: »Am 19. November berichteten wir in einer Vorschau ausführlich über den am 3. Dezember stattfindenden großen Prozeß gegen den früheren Direktor Reinicke, den Gefängnisarzt und sechs Wachtmeister des Gefängnisses am Münchner Platz. Einer der Angeklagten, Wachtmeister Ryba, hat als Verteidiger den Rechtsanwalt Dr. Mehlhammer, der an eine ganze Anzahl Leute Durchschläge eines Briefes verschickt, in dem es heißt, daß das Verhalten des Angeklagten Ryba den Gefangenen gegenüber in vorbildlicher Weise von denen anderer Wachtmeister abgestochen habe, und daß sie das bezeugen sollten. Herr Rechtsanwalt Mehlhammer wird sich wundern, was diese Zeugen über die *vorbildliche Haltung* des Angeklagten Ryba aussagen, denn es ist nämlich tatsächlich so, wie die Anklage sagt: Ryba ist ein ganz übler Schläger gewesen, gefürchtet von allen Gefangenen, die mit ihm zu tun hatten. Auf alle Fälle finden wir das Vorgehen Dr. Mehlhammers, um Entlastungszeugen für seinen Klienten zu bekommen, recht eigenartig, abgesehen davon, daß er das Gegenteil erreicht, von dem, was er bezweckt.«

Das Vorgehen Mehlhammers mag befremden, doch sind in Strafverfahren alle anwaltlichen Mittel recht, die der Entlastung eines Angeklagten dienen. Der Prozess gegen das Gefängnispersonal schien ohnehin politisch gewollt und das Urteil bereits festzustehen. Das Landgericht am Münchner Platz in Dresden führte in der Zeit der nationalsozialistischen Herrschaft auch die Verfahren gegen den antifaschistischen Widerstand und andre Gegner des Regimes. Im Hof hinter dem markanten Turm am Südhang Dresdens richteten die Nazis mit Fallschwert hin: Kurt Schlosser, Georg Schumann, William Zipperer, Margarete Blank. Personen, die in der DDR zu Ikonen wurden.

Das 1907 als *Königlich-Sächsisches Landgericht* fertiggestellte Gebäude diente auch im Nachkriegs-Sachsen für politische Prozesse. Auch in der DDR vollstreckte man an diesem Ort Todesurteile gegen Nazikriegsverbrecher wie Paul Nitsche und Hans Meinshausen oder die Rädelsführerin der *Konterrevolution vom 17. Juni 1953* Erna Dorn und die als Spionin verleumdete SED-Funktionärin Elli Barczatis.

Heute nennt sich das ehemalige Landgericht *Georg-Schumann-Bau* der Technischen Universität und steht als Gedenkstätte für Besucher offen.

Im Erbstreit Bogadke kam das besitzergreifende Verhalten des Nazi-Verteidigers Dr. Mehlhammer den sozialistischen Agitatoren gerade recht. Nun wühlte man klassenkämpferisch in den Biografien der Bewohner, denen Hans Martin Bogadke in schwerer Zeit Zimmer seiner Wohnung zur Verfügung gestellt hatte.

Name: Gieß, Eberhard Heinz
geb. 1.12.1905
Geburtsort: Dresden
Beruf: Kellner
Familienstand: verheiratet.

Bogadkes zweiten Mieter Ullrich Waldner wird schon der Naziverbrecher-Prozess gemacht. Die Absicht ist erkennbar: Solchen Genossen kann man den Besitz und erst recht nicht eine Vierraumwohnung zur Miete überlassen. Hannes Bogadke als Erbberechtigter befindet sich in der britischen Besatzungszone kümmert sich nicht um Vaters Hinterlassenschaft, überlässt vielmehr dessen *alten Freunden* alles an Wert und Nutzen. Friedensrichter Barthel *verschiebt* nach Ansicht der jetzt machthabenden Parteigenossen Bogadkes Nachlass an reaktionäre Kreise, und damit versuchen diese *Verbrecher* in der neuen Gesellschaftsordnung wieder Fuß zu fassen. Dagegen muss eingeschritten werden.

Man berichtet: »Mit dem Friedensrichter und Testamentsvollstrecker Oswin Barthel haben wir uns auseinandergesetzt. Dieser hat die Richtigkeit bzw. die Gesetzmäßigkeit der poliz. Handlung erkennen müssen. Er hat sich daher mit der Beschlagnahme einverstanden erklärt und keine weiteren Einsprüche erhoben. Beschlagnahmt wurden Möbel, Wäsche, Kleider, Geschirr, Kristallschmuck, Teppiche und der gesamte Hausrat des Verstorbenen. Über einen Teil des beschlagnahmten Gutes wurde bereits vom Kriminalamt Dresden verfügt. Möbel, Wäsche und teilweise Geschirr wurden an Ausgebombte, Umsiedler und Opfer des Faschismus bzw. die *Volksolidarität* abgegeben. Handtücher und Küchenwäsche fanden im Kriminalamt bzw. im Polizeigefängnis Verwendung. Eine Taschenuhr (Neugold) wurde an einen Polizeiangehörigen verkauft.

Es haben hier schon mehrmals sogen. *entfernte Verwandte* des Verstorbenen vorgesprochen und wollten sich für Ansprüche bzgl. des Nachlasses geltend machen. Da aber laut Testament des Verstorbenen dessen einziger Sohn Hannes Bogadke als Alleinerbe eingesetzt worden ist, wurden alle diese Personen aus dem genannten Grunde abgewiesen. Zum Großteil sind diese Vorsprachen nur in der Absicht erfolgt, für den polit. belasteten Erben etwas zu retten, da dieser keine andere Möglichkeit hat bzw. sieht, um verschiedene Gegenstände in seinen Besitz zu bekommen.«

Auch in Sachen Wohnraumnutzung schafft man klare Verhältnisse. Die Stadt Dresden verfügte wie jede Gemeinde über ein *Amt für Wohnungswesen*, das allein für die Vergabe von Wohnungen zuständig war. Die Größe der Wohnung war nicht in das Ermessen der Mieter gestellt, auch dafür galten staatliche Vorgaben. So müssen die Familien Waldner und Gieß die Wohnung des verstorbenen Herrn Bogadke schnellstmöglich verlassen, neue Mieter sind gefunden. Man hat nicht lange nach ihnen suchen müssen. Genosse Georg Hummel arbeitet bei der Kripo, die ohnehin mit diesem Fall befasst gewesen.

»10. Oktober 1947

Leihvertrag
zwischen dem Kriminalamt Dresden, Dresden-A. 1, Landhausstraße 17,

einerseits und dem Kriminalangestellten

Georg Hummel, geb. 9.6.06, wohnh. Dresden-N., Luboldstr. 24,

andererseits wird folgender Vertrag geschlossen:

1. Das Kriminalamt Dresden überläßt dem Kollegen Hummel leihweise die aus dem Vorgang Bogadke – Az. Kr.P.T – 2257/46 – stammende Wohnungseinrichtung gemäß Aufstellung, die sich jetzt in der von dem Koll. Hummel bewohnten Wohnung befindet.
2. Von dem Koll. Hummel sind hierfür an das Kriminalamt Dresden RM 1000,-- sofort zu zahlen.
3. Der Koll. Hummel verpflichtet sich, von den leihweise überlassenen Gegenständen nichts zu veräußern und auch keine baulichen Veränderungen an denselben vornehmen zu lassen.
4. Der Leihvertrag gilt für drei Jahre vom heutigen Tage an gerechnet. Während dieser Zeit bleibt die erwähnte Wohnungseinrichtung Eigentum des Kriminalamtes Dresden.
5. Bei Ausscheiden des Koll. Hummel aus den Diensten des Kriminalamtes Dresden innerhalb dieser drei Jahre, gleichviel ob freiwillig oder durch Kündigung seitens des Kriminalamtes Dresden, geht die Wohnungseinrichtung in den Besitz des Kriminalamtes Dresden zurück bei gleichzeitiger Rückerstattung des von dem Koll. Hummel an das Kriminalamt Dresden gezahlten Betrages von RM 1000,--.
6. Nach Ablauf der drei Jahre geht die leihweise überlassene Wohnungseinrichtung in das Eigentum des Koll. Hummel über.«

Es unterschreiben die Betriebsvertretung, der Wohnungsempfänger und der Leiter des Kriminalamtes. Der Erbfall Hans Martin Bogadke ist damit abgeschlossen, die Vorgangsakte gelangt ins Dresdner Hauptstaatsarchiv.

Straftaten und Streitigkeiten aus Wohnrauminteresse sind auch der Gegenwart bekannt. Am 10. Januar 2012 berichtet die Presse in Hannover von einem Mordprozess: »Feige versteckt Paul B. (22) sein Gesicht unter einer Kapuze. Im

Mai 2010 kannte er keine Gnade: Gemeinsam mit einem Komplizen stach der Obdachlose den Mieter Chris L. (25) in Hannover nieder! Mordmotiv: Dreizimmerwohnung! Das Obdachlosen-Duo wollte die Bleibe des Opfers übernehmen!

Gestern legte der Killer ein Geständnis vor Gericht ab: Mit 62 Messerstichen metzelte er Verkäufer Chris L. in dessen Wohnung nieder. Paul B.: ›Ich war aggressiv und hatte übelsten Hass. Dann habe ich mit dem Messer zugestochen.‹ In die Brust, den Hals und sogar in den Kopf. Mit seinem Opfer hatte Paul B. kein Mitleid: ›Er flüsterte: Bin ich schon tot? Da hab ich gesagt: Noch nicht, aber gleich. Ich hab ihm ein Kissen aufs Gesicht gedrückt, mich draufgesetzt und eine geraucht. Dann war Ruhe …‹ Als das Opfer nach anderthalb Stunden tot war, stopfte der Täter die Leiche einfach in den Bettkasten. Wenige Stunden später werden Paul B. und Komplize Mario T. bei einem Einbruch in ein Restaurant gefasst. In der U-Haft gesteht Paul B. einem Mithäftling seine Tat, verpfeift auch seinen Komplizen Mario T., der gestern keine Aussage machte.«

Der *Stern* berichtete im Januar 2013 unter der Überschrift: *Bluttat wegen Wohnung*:

»›Wieso??? Warum???‹, heißt es in der Traueranzeige für Katrin Michalk. ›Welcher gnadenlose Mensch ist zu so einer unfassbaren und brutalen Gewalttat und Verbrechen fähig??‹, fragen darin die Angehörigen der 31-Jährigen, die am 4. Januar vor ihrer Wohnung in München erstochen wurde. Nun kennen sie die Antwort. Die wirft aber mehr Fragen auf, als sie beantwortet. Der mutmaßliche Mörder ist ein zur Tatzeit 18-Jähriger, der Katrin Michalk überhaupt nicht kannte. Er hat die Frau nach eigenen Angaben nur deshalb getötet, weil er in ihrer Wohnung wohnen wollte. ›Von so einem Motiv für einen Mord habe ich in meiner Berufslaufbahn noch nie gehört‹, sagt der ermittelnde Oberstaatsanwalt und versuchte zusammen mit den Mordermittlern zu erklären, was eigentlich nicht zu erklären ist.

Das Jahr 2012 endet geruhsam für Katrin Michalk. Die Verlagsangestellte besucht ihre Familie daheim im sächsischen Bautzen, verbringt dort die Weihnachtsfeiertage. Dann fährt sie zurück nach München, wo sie seit mehreren Jahren wohnt. Sie muss wieder arbeiten. Am 4. Januar macht die Controllerin gegen 18 Uhr Feierabend und geht mit ihrer grünen Sporttasche in ein nahe gelegenes Fitnessstudio im Osten Münchens. Gegen 20.15 Uhr macht sie sich per S- und U-Bahn auf den Heimweg. Rund 45 Minuten später steht sie vor dem Haus im Südwesten der Stadt. Sie kommt aber nur in den Hausflur, dort wird sie attackiert. Ihre Nachbarn werden später berichten, sie hätten laute Stimmen gehört. ›Ich dachte, es wäre ein Beziehungsstreit‹, sagt eine Anwohnerin im Gespräch. Erst als es nach einigen Minuten wieder ruhig ist, trauen sich einige Bewohner des Hauses, ihre Wohnungstüren zu öffnen. Sie finden die blutüberströmte Katrin Michalk auf dem Boden. ›Ich bin Katrin M. Ich verblute. Holen Sie Hilfe‹, und: ›Es wird dunkel‹, sollen ihre letzten Worte gewesen sein, erzählen die Nachbarn. Der Notarzt kann nichts mehr für diese Frau tun, einer der insgesamt 18 Stiche hat das Herz getroffen. Die Wucht der Messerstiche war so heftig, dass die Klinge abgebrochen war.

Der brutale Mord ohne ein schnell greifbares Motiv hatte bei der Bevölkerung Angst ausgelöst und den Ermittlern viel abverlangt. Rund 30 Beamte arbeiteten in der *SoKo Aidenbichl,* benannt nach dem U-Bahnhof, an dem Katrin Michalk ausgestiegen war. Die SoKo teilte die blutverschmierte Jacke der Frau visuell in 1500 Stücke, um Spuren zu sichern, und überprüfte dann über 200 Personen aus dem Umfeld der Ermordeten. Nun scheint klar: Spur Nummer 13 war die richtige, und der entscheidende Tipp war schon am 7. Januar gekommen.

Markus Kraus ist Herr der Spuren. Er ist Chef der Münchner Mordkommission, bei ihm liefen die Fäden der *SoKo Aidenbichl* zusammen. Der 40-Jährige mit dem markanten Rund-um-den-Mund-Bart blickt an diesem Tag in die Gesichter von rund 30 Journalisten und spricht in mehrere laufende Kameras. Das Interesse an dem Fall ist riesig. Ruhig und routiniert fasst Kraus den Ermittlungsstand zusammen.

Es war demnach ein Beamter des Kommissariats 29, der sich am 7. Januar an die SoKo gewandt hatte. Es gebe da einen jungen Mann, der nicht weit von Katrin Michalk entfernt wohne und der vor wenigen Monaten wegen Gewaltfantasien aufgefallen war, meldet der Polizist. Die Mordermittler erfahren weiter, dass der nun nach drei Wochen festgenommene 19-Jährige im Herbst 2012 als Zeuge in einer anderen Straftat befragt worden war. Damals hörten die Beamten auch, dass der junge Mann vor Freunden damit geprahlt habe, einen Überfall zu planen, und er sich dafür eine Schusswaffe besorgen wolle. Die Polizei nahm die Drohungen ernst und stufte den Schüler im Herbst als sogenannten *Gefährder* ein. Sie wandten sich an dessen Mutter und durchsuchten die Wohnung der Frau, in der sie mit ihrem Sohn lebt. Waffen fanden die Polizisten nicht, schalteten aber auch das Jugendamt ein. ›Es hat Hilfsangebote an den jungen Mann und seine Familie gegeben, aber die wurden wohl nicht angenommen‹, sagt jetzt Mordermittler Markus Kraus. Und dann erhebt er zum einzigen Mal bei dieser Pressekonferenz die Stimme: ›Die Beamten haben damals alles getan, was möglich war.‹ Die Polizisten, die sich damals um den jungen Mann kümmerten, scheint also nach heutigem Wissensstand keine Schuld zu treffen. Doch nun ist klar, dass die Bemühungen im Herbst 2012 nicht ausreichten. Denn es war ganz offensichtlich genau dieser Schüler, der Katrin Michalk ermordete.

Doch damit ist der Fall für die Polizei bei weitem noch nicht geklärt. Denn der Verdächtige präsentiert den Ermittlern ein abenteuerliches Motiv. ›Er hat erzählt, dass er an diesem Tag auf die Straße gegangen ist, und sich vorgestellt hat, dass er jetzt jemanden tötet und dann in dessen Wohnung gelangt und dort leben kann‹, sagt der Oberstaatsanwalt. Es sei dem jungen Mann dabei gar nicht konkret um die Wohnung von Katrin Michalk gegangen: ›Die junge Frau war ein reines Zufallsopfer.‹ Die Staatsanwaltschaft reagiert sofort und zieht einen psychiatrischen Sachverständigen hinzu. Viele Fragen sind noch offen. In Katrin Michalks Traueranzeige heißt es: ›Wir stehen fassungslos und verzweifelt vor dieser Tragödie …‹«

Der Mitteldeutsche Rundfunk berichtete unter dem Titel *Heute im Osten*: »Die Immobilienpreise in russischen Metropolen sind gigantisch, neue Wohnungen quasi unbezahlbar. Für Wohnraum wird deshalb betrogen und sogar gemordet.

Seit einigen Jahren steigt die Statistik der spurlos verschwundenen Menschen in Russlands Großstädten. Rentner und Alleinstehende werden unter fragwürdigen Umständen tot aufgefunden. Verdächtig sind die Geschehnisse unmittelbar vor und nach ihrem Tod oder Verschwinden, die immer einem ähnlichen Muster gleichen: Während der Ermittlungen stellt sich heraus, dass erst kürzlich eine Änderung im Testament bezüglich einer Immobilie, meist der Wohnung, vorgenommen wurde. In vielen Fällen taucht zusätzlich ein Dokument auf, welches bestätigt, dass das Privateigentum im Sterbefall in den Besitz einer Person X oder Y übergeht – als Ausgleich für bestimmte finanzielle oder soziale Leistungen zu Lebzeiten des Verstorbenen. Erbe ist dann aber zumeist nicht ein Verwandter oder jemand aus dem Freundeskreis, sondern ein unbekannter Fremder. Kurze Zeit später gilt die Wohnung als verkauft, wird neu bezogen oder sie findet sich wieder im Katalog einer zwielichtigen Immobilienfirma.

Wohnraum ist für die meisten russischen Bürger das

Wertvollste, was sie besitzen und zu vererben haben – im doppelten Sinne. Neben dem monetären Wert ist es vor allem das Dach über dem Kopf, was zählt. Im Unterschied zu Deutschland werden Wohnungen im heutigen Russland in den seltensten Fällen kommunal gemietet, man lebt in Eigentumswohnungen. Im Januar 1993 begann offiziell die Privatisierung von Wohneigentum. Jeder Bürger konnte seinen Wohnraum, den er zu Sowjet-Zeiten einst vom Staat, vom Betrieb oder der Armee bekommen hatte, gegen eine symbolische Summe von einigen Rubel kaufen. Übrigens bis heute: Erst kürzlich wurde die Frist ein viertes Mal verlängert – nun bis 2016.

Als in den 1990ern massenweise Wohnungen privatisiert wurden, hätten die Menschen wohl nie geglaubt, dass ihr bescheidenes Heim in der Platte 20 Jahre später einmal Marktpreise von mehreren Millionen Rubel erzielen könnte. Wer bereits damals in den sogenannten Zuckerbäckerhäusern wohnte und damit zur Elite gehörte – etwa Wissenschaftler, Künstler, Politiker oder Veteranen des Krieges, hatte mit seiner Wohnung das große Los gezogen.

Rentner und Menschen, die allein leben und nicht sofort vermisst werden, sind besonders gefährdet. Je älter ein Mensch und je besser die Lage seiner Wohnung, umso größer ist die Gefahr, als Opfer von Erbschleicherei eines plötzlichen und unnatürlichen Todes zu sterben. Dieses Schicksal traf auch Tamara Khokhrjakowa, eine 63-jährige Rentnerin aus Moskau. Nach einem Spaziergang mit ihrem Hund am 7. Juli 2014 wurde die Frau in ihrem Hausflur von zwei Unbekannten überwältigt. Ohne ein Wort zu sagen, verpassten sie ihr eine Spritze mit tödlicher Substanz. Eine Videokamera hielt fest, wie sich zwei junge Männer anschließend schnellen Schrittes vom Haus entfernten. Tamara Khokhrjakowa schaffte es noch, sich bis zur Wohnung der Nachbarin zu schleppen und ihr von der Tat zu berichten. Diese rief den Krankenwagen, doch die Frau verstarb wenige Minuten, bevor die Ärzte eintrafen. Die Moskauerin hatte nach dem Tod ihres Mannes anderthalb Jahre allein in ihrer Einzimmerwohnung in der 4. Sokolnitsheskaya Straße gelebt. Ihr erwachsener Sohn besuchte sie nur selten, was wohl der Grund dafür gewesen sein wird, dass die Rentnerin mit einem entfernten Verwandten einen Vertrag über eine sogenannte Leibrente abschloss. In einem solchen Vertrag wird vereinbart, dass eine Person einer anderen finanzielle Unterstützung leistet – etwa durch regelmäßige Monatszahlungen oder im Sterbefall durch eine Übernahme der Beerdigungskosten – ihr somit also ein würdiges Leben im Alter sichert. Im Gegenzug steht dieser Person nach dem Tod der anderen ein bestimmter Besitz zu, im Falle von Tamara Khokhrjakowa das Wohneigentum. Der Verwandte hatte offenbar beschlossen, die Erbschaft, die sich auf stolze zehn Millionen Rubel belief, zu *beschleunigen*. Er beauftragte zwei Killer, um die Rentnerin zu ermorden. Auf ihrer Beerdigung wurde er dann allerdings von der Polizei festgenommen, auch die Auftragskiller wurden schnell gefasst.

Verbreiteter und organisierter ist das Vorgehen krimineller Immobilienmakler. Diese suchen die Bekanntschaft mit alleinstehenden Rentnern, Menschen aus sozialschwachen Gesellschaftsschichten. Eine Masche ist es, sich als hilfsbereiter Bürger auszugeben, um mit den gutgläubigen Menschen anschließend einen Vertrag über eine sogenannte soziale Rente abzuschließen. Im Unterschied zur Leibrente ist der potenzielle Erbe hierbei verpflichtet, bestimmte soziale Dienstleistungen zu erbringen, worunter je nach Vereinbarung verschiedene Pflegeleistungen, Arzt- und Behördenbesuche oder beispielsweise Einkäufe fallen. Wenn der Deal unterzeichnet ist, werden die Menschen dann alsbald aus dem Weg geräumt – meist so, dass eine unnatürliche Todesursache auf den ersten Blick nicht zu erkennen ist. Die Täter kennen die Krankheitsgeschichte ihrer Opfer oft gut und wissen, welches Mittel tödlich sein kann. So kann eine

Überdosis Insulin bereits ausreichen, um einen Diabeteskranken umzubringen.

Eine kriminelle Bande, die 2013 in der Nähe von Moskau gefasst wurde, ging besonders brutal vor. Mit Hilfe von Entführungen und Erpressung verschaffte sie sich die nötigen Erbschaftsunterlagen für ihre illegalen Immobiliengeschäfte. Unter verschiedenen Vorwänden, teils sogar unter Gewaltanwendung, brachten sie ihre Opfer zunächst in ein Haus außerhalb Moskaus. So erging es auch einem 76-jährigen Rentner im Oktober 2013, als er unweit seiner Wohnung auf dem Lenin-Prospekt von drei Menschen angehalten wurde. Einer von ihnen hielt ihm einen Polizeiausweis vor und bat ihn für eine Überprüfung mit auf die nächste Wache zu kommen. Mit dem Auto wurde er dann bis in eine Siedlung hinter Moskau gefahren und dort festgehalten. Die Kriminellen begannen psychologischen Druck auf den Mann auszuüben. Sie erinnerten ihn daran, dass er ein alter einsamer Mann wäre und ihn sowieso niemand suchen würde. Mit Hilfe von Drohungen, Beleidigungen und Schlägen zwangen sie den Rentner, ihnen eine Vollmacht auszustellen, die sie berechtigen sollte, die Wohnung nach dem Tod des Mannes weiterzuverkaufen.

Ähnlich erging es auch anderen Opfern, die zuvor dort festgehalten wurden. Die kriminellen Immobilienmakler forderten entweder die Umschreibung von Immobilien auf ihren Namen oder die Unterzeichnung einer Schenkungsurkunde, Änderungen im Testament oder auch Vereinbarungen über soziale Renten. Mindestens 14 Wohnungen im Süden und Südosten Moskaus sollen der Bande auf diese Weise »überschrieben« worden sein, woraufhin die Unterzeichner dann unter ungeklärten Umständen verstarben oder verschwanden. Die weitere Prozedur verlief dann relativ simpel – einer *erbte* die Wohnung und verkaufte sie, ein weiterer kaufte: Unterschrift, Stempel, fertig.

Ein glücklicher Umstand im Falle des 76-jährigen Rentners führte dazu, dass die Bande überführt werden konnte. Als der Mann alle notwendigen Dokumente unterschrieben hatte, ließ man ihn laufen. Ihm würde nichts geschehen, solange er die Behörden nicht informiere. Wenn doch, so drohte man ihm, würde bald der letzte Tag in seinem Leben anbrechen. Es gab aber doch jemanden, der sich Sorgen gemacht hatte, als der Rentner plötzlich verschwand – sein jüngerer Bruder, der sofort begriff, dass etwas Schlimmes passiert war. Nach der Entführung wollte der alte Mann nicht über das Geschehene sprechen, er fürchtete Verfolgung. Doch sein Bruder blieb hartnäckig. Schließlich wandten sie sich an die Polizei. Die Mitglieder der Bande konnten nach und nach gefasst werden.

Doch das ist nur ein Tropfen auf den heißen Stein. In den russischen Zeitungen der letzten Jahre finden sich unzählige Berichte über ähnlich skrupellose Taten in vielen weiteren Städten: Sankt Petersburg, Sewastopol, Jekaterinburg, Ischewsk, Ufa, Chabarowsk, Rostow – die Liste ist endlos lang. Die meisten Verbrechen werden nicht aufgeklärt oder erst gar nicht als solche erkannt.«

Da lief der Räuber, was er konnte, zu seinem Hauptmann zurück und sprach: »Ach, in dem Haus sitzt eine greuliche Hexe, die hat mich angehaucht und mit ihren langen Fingern mir das Gesicht zerkratzt, und vor der Tür steht ein Mann mit einem Messer, der hat mich ins Bein gestochen; und auf dem Hof liegt ein schwarzes Ungetüm, das hat mit einer Holzkeule auf mich losgeschlagen; und oben auf dem Dache, da sitzt der Richter, der rief: ›Bringt mir den Schelm her!‹ Da machte ich, daß ich fortkam.« Von nun an getrauten sich die Räuber nicht weiter in das Haus, den vier Bremer Musikanten gefiel's aber so wohl darin, dass sie nicht wieder heraus wollten. Und der das zuletzt erzählt hat, dem ist der Mund noch warm.

Brüder Grimm: *Die Bremer Stadtmusikanten*

Stiefel für den Tod

Eine Geschichte vom Schuster und seiner Frau

Es war einmal ein Fischer und seine Frau, die wohnten zusammen in einer kleinen Fischerhütte, dicht an der See, und der Fischer ging alle Tage hin und angelte; und er angelte und angelte. So saß er auch einmal mit seiner Angel und sah immer in das klare Wasser hinein; und so saß er nun und saß. Da ging die Angel auf den Grund, tief hinunter, und als er sie heraufholte, da holte er einen großen Butt heraus. Da sagte der Butt zu ihm: »Hör mal, Fischer, ich bitte dich, lass mich leben, ich bin gar kein richtiger Butt, ich bin ein verwünschter Prinz. Was hilft dir's, wenn du mich totmachst? Ich würde dir doch nicht recht schmecken; setz mich wieder ins Wasser und laß mich schwimmen!« »Nun«, sagte der Mann, »du brauchst nicht so viele Worte zu machen; einen Butt, der sprechen kann, werde ich doch wohl schwimmen lassen.« Damit setzte er ihn wieder in das klare Wasser; da ging der Butt auf den Grund und ließ einen langen Streifen Blut hinter sich. Da stand der Fischer auf und ging zu seiner Frau in die kleine Hütte.

»Mann«, sagte die Frau, »hast du heute nichts gefangen?« »Nein«, sagte der Mann, »ich fing einen Butt, der sagte, er wäre ein verwunschener Prinz, da hab ich ihn wieder schwimmen lassen.« »Hast du dir denn nichts gewünscht?«, sagte die Frau. »Nein«, sagte der Mann, »was sollt ich mir denn wünschen?« »Ach«, sagte die Frau, »das ist doch bös, immer hier in dem Hüttchen zu wohnen, das stinkt und ist so eklig; du hättest uns doch ein kleines Häuschen wünschen können. Geh noch mal hin und ruf ihn! Sag ihm, wir wollten ein kleines Häuschen haben, er tut das gewiss.« »Ach«, sagte der Mann, »was soll ich

da noch mal hingehen?« »Ei«, sagte die Frau, »du hattest ihn doch gefangen und hast ihn wieder schwimmen lassen, er tut das gewiss. Geh gleich hin!« Der Mann wollte noch nicht recht, wollte aber auch seiner Frau nicht zuwiderhandeln und ging hin an die See. Als er dorthin kam, war die See ganz grün und gelb und gar nicht mehr so klar. So stellte er sich hin und sagte:

Manntje, Manntje, Timpe Te,
Buttje, Buttje in der See,
mine Fru, de Ilsebill,
will nich so, as ik wol will.

Brüder Grimm: *Vom Fischer und seiner Frau*

I. Vom Schuster seiner Ehe

»Eine Hochzeit bedeutet Liebe, Bindung, Partnerschaft, Aufopferung und Selbstlosigkeit, so die gängige Vorstellung. Aber im alltäglichen Leben geht es bei einer Ehe nicht immer nur um diese edlen Ideale. Sie hat eher etwas zu tun mit der Entscheidung, was es um Himmels willen zum Abendessen geben soll oder damit, sich an die merkwürdigen Badezimmer-Eigenschaften des Partners zu gewöhnen.«

§ 1353 im *Bürgerlichen Gesetzbuch* klärt Rechte und Pflichten einer *ehelichen Lebensgemeinschaft.* »(1) Die Ehe wird auf Lebenszeit geschlossen. Die Ehegatten sind einander zur ehelichen Lebensgemeinschaft verpflichtet; sie tragen füreinander Verantwortung. (2) Ein Ehegatte ist nicht verpflichtet, dem Verlangen des anderen Ehegatten nach Herstellung der Gemeinschaft Folge zu leisten, wenn sich das Verlangen als Missbrauch seines Rechts darstellt oder wenn die Ehe gescheitert ist.

Aus diesem Paragraphen wurden verschiedenste Pflichten innerhalb der Ehe hergeleitet. Eine eheliche Lebensgemeinschaft verbindet die allgemeine Auffassung mit dem Zusammenleben in einem gemeinsam gewählten Wohnsitz. Vertrat man früher noch die Ansicht, dass auch die Geschlechtsgemeinschaft eine Rechtspflicht innerhalb der Ehe darstellt, wird diese Frage heute nicht mehr diskutiert, da seit der Aufgabe des Schuldprinzips bei der Ehescheidung zugunsten des Zerrüttungsprinzips keine rechtliche Relevanz mehr vorhanden ist. Es besteht jedenfalls insoweit Einigkeit, dass der eine Ehegatte keine Herstellungsklage (auf *Herstellung der Geschlechtsgemeinschaft*) erheben kann. Auch sind die Ehegatten nicht gehindert, enthaltsam zu leben. Allerdings kann der eine Ehegatte von dem anderen Ehegatten erwarten, dass dieser die *Geschlechtsgemeinschaft herstellt.* Eine nur von dem einen herrührende Verweigerung kann dann eine eheliche Pflichtverletzung darstellen. Natürlich darf der Sex nicht erzwungen werden. Als Rechtspflicht wird auch die eheliche Treue, also die *Ausschließlichkeit der Geschlechtsgemeinschaft der Ehegatten* angesehen.«

Konfliktpotential bietet menschliches Zusammenleben immer. Nie wird ein Partner den anderen ganz besitzen. 1922 macht sich Sigmund Freud, Vater der Psychoanalyse, übers Phänomen Gedanken: »Die Eifersucht gehört zu den Affektzuständen, die man ähnlich wie die Trauer als normal bezeichnen darf. Wo sie im Charakter und Benehmen eines Menschen zu fehlen scheint, ist der Schluß gerechtfertigt, daß sie einer starken Verdrängung erlegen ist und darum im unbewußten Seelenleben eine um so größere Rolle spielt. Die Fälle von abnorm verstärkter Eifersucht erweisen sich als dreifach geschichtet. Die drei Schichten oder Stufen der Eifersucht verdienen die Namen der 1. *konkurrierenden* oder normalen, 2. der *projizierten,* 3. der *wahnhaften.*

Über die *normale* Eifersucht ist analytisch wenig zu sagen. Es ist leicht zu sehen, daß sie sich wesentlich zusammensetzt aus der Trauer, dem Schmerz um das verlorengeglaubte Liebesobjekt, und der narzißstischen Kränkung. Soweit sich diese vom anderen sondern läßt, ferner aus feindseligen Gefühlen gegen den bevorzugten Rivalen und aus einem mehr oder minder großen Beitrag von Selbstkritik, die das eigene Ich für den Liebesverlust verantwortlich machen will. Diese Eifersucht ist, wenn wir sie auch normal heißen, keineswegs durchaus rationell, das heißt aus aktuellen Beziehungen entsprungen, den wirklichen Verhältnissen proportional und restlos vom bewußten Ich beherrscht, denn sie wurzelt tief im Unbewußten, setzt früheste Regungen der kindlichen Affektivität fort und stammt aus dem Ödipus- oder aus dem Geschwisterkomplex der ersten Sexualperiode. Es ist immerhin bemerkenswert, daß sie von manchen Personen bisexuell erlebt wird, das heißt beim Manne wird außer dem Schmerz um das geliebte Weib und dem Haß gegen den männlichen Rivalen auch Trauer um den unbewußt geliebten Mann und Haß gegen das Weib als Rivalin bei ihm zur Verstärkung wirksam.

Die Eifersucht der zweiten Schicht oder die *projizierte* geht beim Manne wie beim Weibe aus der eigenen, im Leben betätigten Untreue oder aus Antrieben zur Untreue hervor, die der Verdrängung verfallen sind. Es ist eine alltägliche Erfahrung, daß die Treue, zumal die in der Ehe geforderte, nur gegen beständige Versuchungen aufrechterhalten werden kann. Wer dieselben in sich verleugnet, verspürt deren Andrängen doch so stark, daß er gerne einen unbewußten Mechanismus zu seiner Erleichterung in Anspruch nimmt. Eine solche Erleichterung, ja einen Freispruch vor seinem Gewissen erreicht er, wenn er die eigenen Antriebe zur Untreue auf die andere Partei, welcher er die Treue schuldig ist, projiziert. Dieses starke Motiv kann sich dann des Wahrnehmungsmaterials bedienen, welches die gleichartigen unbewußten Regungen des anderen Teiles verrät, und könnte sich durch die Überlegung rechtfertigen, daß der Partner oder die Partnerin wahrscheinlich auch nicht viel besser ist als man selbst.

Die gesellschaftlichen Sitten haben diesem allgemeinen Sachverhalt in kluger Weise Rechnung getragen, indem sie der Gefallsucht der verheirateten Frau und der Eroberungssucht des Ehemannes einen gewissen Spielraum gestatten in der Erwartung, die unabweisbare Neigung zur Untreue dadurch zu drainieren und unschädlich zu machen. Die Konvention setzt fest, daß beide Teile diese kleinen Schrittchen in der Richtung der Untreue einander nicht anzurechnen haben, und erreicht zumeist, daß die am fremden Objekt entzündete Begierde in einer gewissen Rückkehr zur Treue am eigenen Objekt befriedigt wird. Der Eifersüchtige will aber diese konventionelle Toleranz nicht anerkennen, er glaubt nicht, daß es ein Stillhalten oder Umkehren auf dem einmal betretenen Weg gibt, daß der gesellschaftliche *Flirt* auch eine Versicherung gegen wirkliche Untreue sein kann. In der Behandlung eines solchen Eifersüchtigen muß man es vermeiden, ihm das Material, auf das er sich stützt, zu bestreiten, man kann ihn nur zu einer anderen Einschätzung desselben bestimmen wollen.

Die durch solche Projektion entstandene Eifersucht hat zwar fast wahnhaften Charakter, sie widersteht aber nicht der analytischen Arbeit, welche die unbewußten Phantasien der eigenen Untreue aufdeckt. Schlimmer ist es mit der Eifersucht der dritten Schicht, der eigentlich *wahnhaften.* Auch diese geht aus verdrängten Untreuebestrebungen hervor, aber die Objekte dieser Phantasien sind gleichgeschlechtlicher Art. Die wahnhafte Eifersucht entspricht einer vergorenen Homosexualität und behauptet mit Recht ihren Platz unter den klassischen Formen der Paranoia. Als Versuch zur Abwehr einer überstarken homosexuellen Regung wäre sie (im Manne) durch die Formel zu umschreiben: *Ich* liebe ihn ja nicht, *sie* liebt ihn.

In einem Falle von Eifersuchtswahn wird man darauf vorbereitet sein, die Eifersucht aus allen drei Schichten zu finden, niemals aus der dritten allein.«

»Am 14.6.1950 wurde von der Kripo Waldheim gegen 2.15 Uhr fernmündlich gemeldet, daß dort Angehörige der Arbeiterin und Ehefrau Schwarzer, geb. Nestroy, Helene, geb. am 21.9.07 in Richtzenhain, wohnhaft gew. in Hartha, Aug.-Bebel-Str. 35 Erdg., erschienen seien, die sich dahingehend geäußert hätten, daß die Frau Schwarzer seit dem 11.6.1950 vermißt würde und daß deren Ehemann ein auffälliges Desinteresse bei den Nachforschungen über den Verbleib der Vermißten an den Tage lege. Von den Angehörigen der Vermißten wurde die Kripo Waldheim ersucht, Nachforschungen nach der verschwundenen Frau anzustellen. Bei den ersten anschließenden Erörterungen sei auch der Ehemann und Schuhmacher

Schwarzer, Wilhelm Gerhard, geb. am 30.12.1889 in Scheergrund, wohnhaft wie oben, in seiner Wohnung gehört worden, wobei er über den Verbleib seiner Frau nichts zu wissen angab. Im Gesicht des Ehemannes Sch. seien jedoch verschiedene Kratzer und in der Küche verschiedentlich vermeintliche Blutspuren gesehen worden, weswegen der Beschuldigte vorläufig festgenommen und die Spezialkommission Leipzig verständigt wurde, da der Verdacht eines begangenen Verbrechens vorlag.

Bei den von hier aus geführten Ermittlungen wurde die Wohnung der Eheleute Schwarzer noch am selben Tage einer eingehenden Besichtigung und Untersuchung unterzogen. Dabei wurden massenweise Blutspritzer und -wischer vor allem in der Küche der gemeinsamen Wohnung des Ehepaares festgestellt. Die Spritzrichtung aller Blutspuren ließ einen etwaigen Tatort zwischen Couch und Küchenherd dieses Raumes erkennen. Die von dem am vermeintlichen Tatort erschienenen Gerichtsarzt durchgeführten Vorproben auf Blutbestimmungen zeigten ein positives Ergebnis.

Eine weitere genaue Durchsicht der Wohnräume und der

Werkstatt des Schwarzer erbrachte eine grobe Bügelsäge, einen Dorn und ein Küchenmesser zutage, an denen sämtlich blutverschmierte Stellen erkennbar waren. Zwischen Griffstück und Schneide angeführten Küchenmessers waren außer Blutresten noch zwei eingeklemmte Haare erkennbar. Den gesamten Eindrücken zufolge mußte damit gerechnet werden, daß es sich in diesen Werkzeugen um vermutliche Tatwerkzeuge handelt. Es erfolgte dementsprechend ihre Sicherstellung.

Anschließend wurden aus dem Feuerloch des Küchenherdes ein ausgewrungener Scheuerlappen, eine am Ausguß hängende Kehrschaufel, unter dem Herd eine Kohlenschaufel, vom Handtuchhalter der Küche ein Frottierhandtuch, vom hinteren Küchenfenster die Verdunklungsrolle und aus dem Schlafzimmer eine lange, blaue Hose des Schuhmachers Schwarzer sichergestellt. An diesen Gegenständen waren besonders auffällige Blutspuren erkennbar.

Auf dem Hofe des Grundstückes konnte aus einem zur Wohnung Schwarzer gehörenden Schuppen ein Kastenwagen geborgen werden, an dessen hinterem Giebelteil eine flächenhafte Blutverschmierung feststellbar war. Dieser Wagen wurde später als Beweismittel in der Schwarzerschen Wohnung untergebracht, die Wohnung selbst versiegelt.

Über das intime Zusammenleben dieser beiden Eheleute konnte bei den geführten Erörterungen nicht viel in Erfahrung gebracht werden, da sich beide über ihre Ehe anderen Leuten gegenüber nicht ausgesprochen haben. Beide Eheteile genießen in Hartha einen guten Ruf und es konnte nichts Außergewöhnliches festgestellt werden.«

Grund für weitere polizeiliche Recherchen ist dringend gegeben. Der Mordverdacht bestätigt sich. Man wird fündig: »Bei den anschließenden Ermittlungen wurde die in zwei Säcken verpackte Leiche der Ehefrau Schwarzer im Gartengrundstück *Eberts Land* Nr. 35, in 40 bzw. 70 cm Tiefe im Erdreich vergraben, geborgen. Der erste Sack enthielt Kopf und beide Unterschenkel der Ehefrau, während der übrige Rumpf sich in dem zweiten zuunterst liegenden Sack befand.

Die spätere Sektion ergab, daß die Ehefrau Sch. zu Lebzeiten tiefgreifende Schädelverletzungen erlitten hatte und nach ihrem Tode zerstückelt wurde.

Bei seiner ersten protokollarischen Vernehmung leugnete der beschuldigte Schuhmacher Schwarzer jede Schuld am Verschwinden seiner Ehefrau und verblieb auch bei seiner zweiten Vernehmung vom 20.6.1950 anfänglich dabei. Bis zu diesem Zeitpunkt wurden ihm keine Vorhalte von den bisherigen Feststellungen gemacht. Es war jedoch schon zu dieser Zeit am ganzen Wesen und Verhalten des Beschuldigten zu erkennen, daß er sich schuldig fühlte, jedoch noch keinen Mut gefaßt hatte, sich zu offenbaren.

Die später gemachten Schilderungen des Beschuldigten erscheinen im großen und ganzen glaubhaft und stehen nicht im Widerspruch zu dessen sonstiger Beleumundung oder zu den Feststellungen am Tat- oder Fundort. Es soll an dieser Stelle noch festgestellt werden, daß der Beschuldigte bei seiner Festnahme und Überführung in die Pol.-Haftanstalt Leipzig eine etwa sechs Millimeter lange Narbe an der Unterlippe rechts, eine kleinere Narbe an der rechten Backe und noch geringere Schürfverletzungen an der linken Halsseite aufwies, die er nach seinen Angaben von seiner Frau zugefügt bekommen habe. Ob es sich um Abwehr- oder andere Verletzungen handelt, kann nicht gesagt werden.

Schwarzer gab an, erst in letzter Zeit viel Kriminalschmöker gelesen zu haben, die aber nach seinen Angaben niemals der Ausgangspunkt für diese Tat darstellen würden und überhaupt in keinem Zusammenhang dazu stünden. Es handele sich nach seinen Angaben um eine reine Affekthandlung und er habe in diesem Moment nicht mehr gewußt, was er macht. Er gebrauchte bei einer informatorischen Befragung einmal die Redewendung: ›In mir steckte damals ein Vieh!‹«

»Protokoll der Vernehmung am 20. Juni 1950. 8 Uhr wird aus der Zelle vorgeführt: Gerhard Wilhelm Schwarzer, geboren am 30. Dezember 1889. Selbständiger Schuhmacher, Jahresverdienst 1949: 1.360,-- DM. Das Verhör führt VP-Oberkommissar Martin Völkel, Waldheim.

Angaben zur Person:
Ich bin in Scheergrund geboren. Ich bin von meinen beiden Eltern erzogen worden. Bis 1896 bin ich in Scheergrund gewesen. Nach dieser Zeit zogen meine Eltern nach Westewitz b. Hohenweitzschen, Kreis Döbeln. Ich zog auch mit nach dort. 1902 zogen wir von Westewitz nach Großweitzschen, da dort mein Vater als Knecht eine neue Anstellung bekam. Meine Eltern blieben bis zu ihrem Tode in Großweitzschen wohnen. Die Ehe meiner Eltern möchte ich als sehr gut bezeichnen. Ich stamme aus armen Verhältnissen und mußte schon als Kind auf dem Land mit arbeiten. Auch meine Mutter hat die ganzen Jahre mit auf dem Feld geholfen.

Ich muß trotzdem sagen, daß ich eine schöne Kindheit erlebt habe, ich hatte zu Hause nichts zu klagen. Ich könnte auch nicht sagen, daß meine Eltern recht streng mit mir gewesen wären. Ich kann mich nicht entsinnen, von meinem Vater oft geschlagen worden zu sein. Mein Vater war sehr gut zu mir und ich habe ihn nie als rohen Menschen kennengelernt.

Wir sind insgesamt sieben Geschwister gewesen und zwar drei Jungens und vier Mädels. Meine Schwestern sind alle noch am Leben und heißen Anna Stein, wohnh. Großschweidnitz b. Löbau, Frida Menzel, wohnh. Leipzig, frühere Posadowski-Anlage, wahrscheinlich Nr. 15, Irma Fellner, Großweitzschen und Anna Schwarzer, Leipzig, nähere Anschrift ist mir nicht bekannt. Von den zwei Brüdern lebt nur noch der Hermann Schwarzer, der etwa 70 Jahre alt ist und in Hartha, Kahlbergstr., Nr. ?, wohnt.

Ich habe in Großweitzschen acht Jahre die Volksschule besucht. Ich war ein guter Schüler und bin nicht sitzengeblieben. Nach dem Volksschulbesuch habe ich noch drei Jahre, und zwar von 1904 – 1907, bei dem Schuhmachermeister Hermann Werner in Großweitzschen gelernt. Damals gab es noch keinen Fachschulbesuch. Ich habe dort auch meine Gesellenprüfung gemacht und bestanden. Von 1907 bis zur Einberufung zum Militär im Jahre 1911 habe ich in der Schuhfabrik *Hermann Zehl & Co.* in Leisnig gearbeitet. In dieser Zeit lebten meine Eltern noch in Großweitzschen, ich selbst habe aber in Leisnig gewohnt. Ich habe dann aktiv als Soldat von 1911–1913 in Straßburg bei den 105ern gedient. Dann wurde ich entlassen u. habe wieder bei der Firma *Zehl* bis 1914 gearbeitet. Dann brach der Krieg aus, und ich wurde eingezogen. Bis Kriegsende bin ich Soldat gewesen und war hauptsächlich an der Westfront eingesetzt. Ich habe keine Verletzungen erlitten, aber mir ein Magenleiden zugezogen, was sich wieder verloren hat. Außer dreimal Gesichtsrose bin ich bis zum heutigen Tage noch nie ernstlich krank gewesen. Auch mit den Nerven kann ich nicht lamentieren. Ich fühle mich kerngesund und meinem Alter entsprechend noch kräftig. Nur seit vergangenem Freitag fühle ich ein Stechen in der rechten Rückenseite. Ich bin Brillenträger und trage bei jeder Gelegenheit eine Brille, auch wenn ich nicht beschäftigt bin.

1919 kam ich aus dem Felde zu meinen Eltern zurück. Ich habe wieder in meiner alten Firma angefangen zu arbeiten und war dort bis 1922 oder 1923 beschäftigt. Die Firma ging dann pleite. Ich bin nach Hartha übergesiedelt, da ich dort eine Anstellung bei der Firma *Filzfabrik Feins & Söhne* als Maschinenarbeiter hatte. Bis 1929 habe ich dort gearbeitet, war dann erwerbslos bis 1931. In diesem Jahr habe ich mich selbständig gemacht und zwar gleich in Hartha, in meiner jetzigen Wohnung. Mein Geschäft ist von allen Anfang bis zum letzten Tag gut gegangen. Ich habe von früh fünf bis abends spät gearbeitet und konnte es kaum schaffen vor Arbeit. Ich habe auch verhältnismäßig gute Einnahmen gehabt und kann nicht klagen über mein Geschäft. Ich hatte auch nach 1945 nichts auszustehen wegen mangelnden Materials, da ich mich in den Jahren vorher sehr gut eingedeckt hatte.

Ich habe vielen armen Leuten aus der Not geholfen und manchen Stich umsonst gemacht. Ich war auch viele Jahre etwas billiger als andere Schuhmacher, bis eben dann die Preise durch die Innung vorgegeben wurden.

In der Schuhmacherinnung bin ich Obmann von Hartha und als Obermeister eingesetzt. Dies ist eine ehrenamtliche Tätigkeit, und ich habe bei Versammlungen meine Kollegen einzuladen. Auch bin ich im Gewerbeausschuß der Stadt Hartha mit tätig. Ich wurde in diese Ausschüsse nach 1945 mit berufen, da ich eine gute Vergangenheit hatte und auch politisch bis 1933 organisiert war.

Durch Zutun meiner Mutter habe ich dann 1924 oder 1925 meine erste Ehefrau, die Anna, geb. Opitz, geheiratet. Es war nicht die richtige Liebe vorhanden, und diese Frau war früher die Frau meines Bruders Gottfried Schwarzer, der aber im Kriege gefallen war. Von dieser Frau wurde auch ein Junge im Alter von fünf Jahren mit in die Ehe gebracht. 1931 habe ich dann die Scheidung eingereicht, da auf Grund der wirtschaftlichen Notlage (Arbeitslosigkeit) immer mehr Spannungen entstanden. Die Ehe wurde nachher auch geschieden, und wir wurden beide für schuldig erklärt. Ich möchte bemerken, daß ich dieser Frau nicht eine Schelle gegeben habe, obwohl sie mich einmal an die Maschine stieß und ich mir dabei zwei Rippen brach. Ich stand vor dieser Frau und brachte es nicht fertig, sie zu schlagen. Nach der Scheidung habe ich für diese Frau und das mitgebrachte Kind nichts mehr zu bezahlen brauchen. Aus dieser Ehe stammt nun ein Kind, und zwar eine Tochter, die jetzige Frau Anneliese Pape, an der ich sehr hänge. Es ist ja das Einzige, was man hat, vor allen Dingen das Enkelkind.

Die erste Frau war noch gar nicht richtig raus, da kam schon die andere und brachte ihre Klamotten mit. Es handelt sich um die Helene Nestroy, die ich kennengelernt hatte in der *Firma Feins* in Hartha. Diese Frau unterhielt schon Verbindung mit mir, während ich noch mit meiner ersten Frau verheiratet war. Zu dieser Frau Nestroy hatte ich schon während meiner ersten Ehe Zuneigung, als ich dann geschieden war und meine erste Frau die gesamte Wohnungsausstattung mitnahm, zog diese Frau Nestroy zu mir. Ich habe sie 1937 geheiratet. Aus dieser Ehe sind keine Kinder hervorgegangen. –

Wenn mir vorgehalten wird, daß man behauptet, diese Ehe sei auseinandergegangen, da ich schon Beziehungen zu meiner zweiten Frau unterhielte, so möchte ich erklären, daß dies nicht stimmt. Wie ich schon einmal gesagt habe, ist meine zweite Frau die Frau meines verstorbenen Bruders gewesen. Als ich noch in erster Ehe war, lebte ja auch noch mein Bruder. Als ich dann aus dem Felde zurückkam, lebte meine erste Frau mit einem anderen Mann zusammen, einem gewissen Schattig. Ich bin gar nicht in ihre Wohnung, und ich habe mich dann scheiden lassen. Die Scheidung habe ich eingereicht. Wir wurden beide für schuldig geschieden. Wir waren noch gar nicht geschieden, als meine erste Frau eine Verlobungsanzeige aufgab, und deswegen wurde dann unsere Ehe ganz schnell geschieden. Ich hatte bestimmt noch keinen Kontakt mit meiner zweiten Frau, als ich 1918 aus dem Felde zurückkam. –

Jetzt komme ich drauf, daß ich schon dreimal verheiratet gewesen bin, nicht, wie ich sagte, nur zweimal. Meine erste Frau war eine gewisse Minna Gaudig, die von Leisnig, Deichgasse 4, stammte, aus dieser Ehe stammt auch ein Kind. Eine Tochter, die 1911 geboren wurde. Ich habe dies alles vergessen, da mein Kopf zerstreut gewesen ist.

Als ich 1914 ins Feld zog, sagte mir diese erste Frau, daß sie mir weiter nichts wünsche, als daß mich eine Granate in

1000 Stücke zerreißen würde. In erster Zeit ging diese Ehe ganz gut, doch dann fing sie an, mit einem anderen anzubandeln.

Ich habe kein Vermögen und außer 59,-- DM Schulden an die *Firma Müller*, Colditz, für Gummi und etwa 30,-- DM an die *Firma Müller*, Hartha, keine weiteren Außenstände. Ich zahle mit meiner Werkstatt insgesamt 20,-- DM Miete monatlich. An die Sozialversicherungskasse Döbeln zahle ich monatlich 21,60 DM. Dies ist Pflichtversicherung nur für mich. Meine Frau ist durch die *Firma Dathe* versichert, und zwar ist sie dort als Arbeiterin tätig. Sie bekam durchschnittlich 28 – 35,-- M wöchentlich dort ausgezahlt. Davon hat sie mir keinen Pfennig gegeben. Was sie mit dem Geld gemacht hat, weiß ich nicht. Ich habe meiner Frau jede Woche 15,-- DM Wirtschaftsgeld gegeben und bin für Licht, Miete, Feuerung usw. selbst aufgekommen.

Zur Sache:

Frage: Sie wissen, Herr Schwarzer, zur Debatte steht das Verschwinden Ihrer Frau.

Antwort: Ja, durch den Vorrichter bekam ich den Grund heraus, warum ich überhaupt hier bin.

F: Wir haben Ihnen doch gleich von allen Anfang an gesagt, daß Sie festgenommen worden sind, weil Sie im Verdacht stehen, irgendwie am Verschwinden Ihrer Frau beteiligt zu sein.

A: Ja, das haben Sie mir gesagt.

F: Verschiedentlich sind Sie auch von den Kripoangestellten von Waldheim gefragt worden. Ich habe Sie auch vorgestern gefragt und Ihnen keine Vorhalte gemacht. Ich mache Ihnen auch heute keinen Vorhalt. Ich räume Ihnen die Chance ein, Herr Schwarzer, von sich aus der Wahrheit die Ehre zu geben. Sie als alter Handwerker, als älterer Mann, der eine gehörige Portion Lebensweisheit besitzt, müssen uns ganz klipp und klar sagen können, wie es gewesen ist, was gewesen ist, und was Sie wissen über das Verschwinden Ihrer Frau.

A: Das will ich sprechen.

F: Ich sage Ihnen noch einmal, Herr Schwarzer, sagen Sie die Wahrheit.

A: Ich sage nochmals die volle Wahrheit. Das, was ich hier sage, bei diesen Äußerungen kann ich nur bleiben. Durch die Geldausgaben, die ich gehabt habe durch mein Enkelkind, die kleine Marlies, kamen die Zwistigkeiten in der Ehe. Meine Frau sagte mir, daß ich mein Geld vermenschern würde. Ich habe meinem Enkelkind Schokolade für 9,-- DM gekauft und meinem Schwiegersohn, Herbert Pape, Fahrgeld gegeben. Ich habe mir mitunter nicht eine Zigarre geleistet. Die letzte Zeit, da wurde es mit uns beiden immer kraßer und kraßer. Wir hatten einen Feuerwehrball, und ich sagte: ›Gehst du mit?‹ Sie verdarb mir den ganzen Abend. Wenn ich mit der Frau eines Kameraden tanzte, dann auf den Platz zurück kam, zog sie ein Gesicht und sagte: ›Da kannst du gleich bleiben!‹ Ich sagte ihr darauf: ›Ist das denn ein Verbrechen, wenn man eine Anstandstour tanzt?‹ Es ist nie zu Tätlichkeiten gekommen.

F: Was Sie sagen und das, was ich sage, wird im Stenogramm festgehalten. Ich sage Ihnen nochmals, bleiben Sie bei der Wahrheit, Herr Schwarzer.

A: Ich bleibe bei der Wahrheit. Ich weiß alles. Den Sonnabend bin ich nach Minkwitz gefahren. Wir hatten bereits Abendbrot gemacht. Ich sagte: ›Ich werde nach Minkwitz fahren, ich habe noch zwei Paar Schäfte zu bezahlen.‹ Sie sagte, sie führe mit. Ich sagte, daß wir doch kein Rad mehr hätten. Daraufhin antwortete sie mir: ›Doch.‹ Sie ging hoch zu Timm. Ich weiß nicht, ob sie dort gefragt hat, sie kam die Treppe wieder herunter. Ich bin mit meinem Stahlroß hinaus. Ich fuhr um die Ecke herum, sah sie aufsteigen. Ich dachte, du wartest jetzt nicht, fährst darauf zu. Ich fuhr, wie es sich als Mensch gehört. Ich hatte normales Tempo. Ich bin gefahren bis Minkwitz, bin rein zu Stenzel und sagte: ›Bitte, was kommen die zwei Paar Schäfte?‹ Ein Paar kostet 5,-- und das andere 4,-- DM, nein, eines kam 3,-- DM, daß ich nicht schwindle. Ich legte dem Mädel die 8,-- DM hin. Sie fragte, ob ich etwas mit hätte, was ich verneinte. Ich fuhr retour, und zwischen Minkwitz und Jägerhof, da ist ein kleiner Anhang … Sie kam hinter mir her, überholte mich vielleicht zehn Meter …

F: Was Sie uns hier gesagt haben, haben Sie mir bereits vorgestern bei Ihrer Vernehmung erzählt. Das ist dieselbe Darstellung, die Sie nochmal gemacht haben.

A: Wir sind nach Hause, sie schaffte ihr Rad ins Waschhaus, ich meines in den Schuppen, wo es immer steht. Ich sagte: ›Ich will zu Herbertn hingehen.‹ Der wollte nach Saalbach. Ich bin hin, er war nicht da. Sie blieb zu Hause. Ich war so ½ 9 Uhr abends zu Hause. Ich sagte: ›Nun überlege dir, du hast dich mit nach Minkwitz gejockst.‹ Sie wollte fortgehen. Ich hatte das Geld nicht dazu, um mit fortzugehen, da ich noch die 59,-- DM und die 30,-- DM zu bezahlen hatte, um wieder schuldenfrei zu sein.

F: Sie hatten gerade soviel Geld bei sich, wie Sie brauchten, um die Schuld für das eingebrachte Material zu bezahlen?

A: Ja. Ich habe immer reell dagestanden und mir gedacht, Montag bezahlst du die Schulden, und dann bist du wieder schuldenfrei.

F: Sollte an dem Geld was verändert werden? Warum führen Sie das Geld besonders an?

A: Weil ich den Abend mit ihr sollte weggehen, und da habe ich gesagt: ›Ich habe kein Geld.‹ Sie sagte: ›Du hast es wohl vermenschert.‹ Ich sagte: ›Erlaube mal, guck doch die Rechnungen an.‹

F: Was meinte Ihre Frau, mit wem Sie es vermenschert haben?

A: Sie sagte immer nur vermenschert. Ich war alles in ihren Augen. Man stand unterm Hurenbock, und sie hatte wirklich keine Gründe. Sie hatte keine Gründe, mir derartige Äußerungen an den Hals zu schlagen. Es fiel ein Wort auf das andere.

F: Es müssen doch Gelder übrig geblieben sein, wenn Sie solchen Verdienst haben. Sie geben 15,-- DM Wirtschaftsgeld ab, bezahlen die anderen Unkosten und trotzdem muß doch ein kleiner Teil des Geldes übrig bleiben.

A: Nun müssen Sie damit rechnen, daß ich wöchentlich 20 – 25 Paar Reparaturen habe, die werden nicht immer abgeholt, sondern da steht das Geld noch darinnen. Ich habe noch zehn Paar fertige Reparaturen ungefähr oben, die sie nicht abgeholt haben.

F: Aber einmal kommt doch das Geld von der Woche auch herein, und zwar, wenn die Schuhe abgeholt werden.

A: Ich habe Schuhe dastehen, die stehen ein halbes Jahr.

F: Das werden nur einzelne Paare sein, aber nicht so viel.

A: Es kommen Wochen, wo die Schuhe restlos abgeholt werden, und auch Wochen, wo soundsoviel Paare stehen bleiben.

F: Trotzdem kann man annehmen, daß Sie mehr Gelder einnehmen bezw. eingenommen haben, als wie Sie an Unkosten zu bezahlen haben. Sie haben mir doch auch gesagt, daß Sie Ihrer Tochter finanziell unter die Arme gegriffen haben. Wußte Ihre Frau, daß Sie Ihrer Tochter einmal ab und zu Geld gegeben haben?

A: Das wußte sie nicht. Ich habe ihr das nicht gestanden, weil sie mir auch nicht gesagt hat, was sie mit ihrem Geld macht.

F: Sind das die ganzen Gründe gewesen?

A: Ja. Sie war streitig und kam immer gleich in die Höhe. Ich saß auf der Ecke und da fiel ein Wort auf das andere. Ich sagte: ›Ich gehe nicht mit, ich habe das Geld nicht dazu, um mich in die Kneipe zu setzen, wir trinken zwei Glas Bier und dabei bleibt es nicht, da sind 5,-- DM schneller wieder weg, als man sich versieht, und davon hat man gar nichts.‹

F: Also, wie gesagt, das haben Sie mir bereits schon erklärt.

A: Weiter kann ich nichts sagen, es stimmt. Sie ist früh ½ 4 Uhr weg und machte von meinen Fenstern aus links noch nach der Pestalozzistraße zu. Sie hat mir nie offenbart, wo sie ist hingegangen. Wenn die mir nur hätte einmal gesagt, ich gehe dort oder dort hin, das kenne ich gar nicht von der Frau.

F: Nun, Herr Schwarzer, meinen Sie wirklich, daß die Polizei, die Kripo, keine Mittel und Wege findet, um Ihre Frau zu finden?

A: Ja, das entspricht meinem …

F: Glauben Sie wirklich, daß die Kripo nicht weiß, wo Ihre Frau ist?

A: Ja, ich habe keine Ahnung.

F: Ich habe Ihnen schon einmal gesagt, ich möchte Ihnen bewußt jetzt keine Vorhalte machen, die kommen noch, das sage ich Ihnen. Ich möchte Ihnen, Herr Schwarzer, als älteren Mann von 60 Jahren die Chance einräumen, aus freien Stücken die Wahrheit zu sagen. Was ich Ihnen vorzuhalten habe, das kommt wie das Amen in der Kirche, verlassen Sie sich darauf und denken Sie ja nicht, daß die Polizei nur dasitzt und wartet, bis der Herr Schwarzer einmal eine andere Darstellung gibt. Wir haben gearbeitet, auch in Hartha, Herr Schwarzer. Wenn Sie jetzt die Chance wegwerfen, die ich Ihnen einräume, da liegt es nur an Ihnen. Sie müssen sich immer vorstellen, daß die Angaben, die eine beschuldigte Person aus freien Stücken ohne größere Vorhalte macht, anders zu bewerten sind, als wie dann, wenn Ihnen jedes Wort aus der Nase gezogen werden muß, und man muß für jede Sache den Beweis antreten. Das können wir wohl, Herr

Schwarzer. Wir können Ihnen sehr viel sagen, wir können Ihnen alles sagen. Wenn hier eine Person vor uns sitzt, die falsche Angaben macht, das ist ihr gutes Recht, aber ich als Kripoangestellter, ich darf Ihnen nichts Falsches sagen, ich muß mich ganz strikt an die Wahrheit halten. Sie können mein Angebot abschlagen, dann verhandeln wir hier in einzelnen Fragen hin und her, das ist für Sie nervenzerreißend, für uns auch gewissermaßen anstrengend. Dann kann man nicht sagen, ich hab es aus freien Stücken gesagt, ohne die Einzelheiten schon vorher erfahren zu haben. Überlegen Sie sich das. Sie können jetzt noch einlenken. Ich weiß genau, was in Ihnen vorgeht, ich habe Sie erkannt, Sie sind kein schlechter Mensch. Es ist natürlich ein Kampf, den man mit sich selbst abmachen muß. Bis man das überwunden hat, dann kann Ihnen nichts mehr passieren, dann muß das passieren, was kommen muß. Reden Sie, Sie können doch die Wege wählen, wie Sie wollen. Sie sind doch ein ehrsamer Mensch bisher gewesen. Gucken Sie sich die Akte an, das sind 100 Blatt, meinen Sie, das sind nur die Worte, die wir mit Ihnen gesprochen haben? Da steht etwas drinnen, oder meinen Sie, daß wir Sie tagelang verhaften können, wenn keine Schuld dafür vorhanden wäre? Es ist schon manche Ehefrau vermißt oder abgängig gewesen, deswegen sperren wir auch nicht gleich den Ehemann ein. Aber, wenn wir ihn einsperren, dann haben wir auch Gründe dafür. Ich kann Ihnen sagen, wir wissen alles, Herr Schwarzer.

A: Wenn ich diesen Schritt getan hätte, dann hätte ich mich längst aus dem Staube gemacht. Montag, Dienstag, Mittwoch hatte ich ja Zeit. Ich habe gearbeitet bis ½ 8 Uhr. Dann habe ich eine kleine Runde gemacht, ich bin gelaufen. Wenn ich das im Willen gehabt hätte, dann hätte ich mich nicht brauchen hier aufzuhalten.

F: Na schön. Wenn Sie glauben, daß das die Wahrheit ist,

daß Sie nichts weiter sagen können zum Verschwinden Ihrer Frau, über die Gründe, über den Verbleib, dann kann ich es nicht ändern. Wenn ich Ihnen Ihre Frau nun aber einmal zeige? Was würden Sie dann dazu sagen?

A: Die ist lebend? Lebend bringen Sie sie mir, bitte. Kann ich da vielleicht freikommen?

F: Sie meinen, die lebt noch?

A: Ja.

F: Und wenn Sie nicht mehr lebt?

A: Wo soll sie dann sein?

F: Ich will es doch von Ihnen hören, wo sie sein könnte.

A: Ich bin der Meinung, daß sie noch lebt.

F: Sehen Sie, Sie zwingen mich nun dazu, daß ich Ihnen Stück für Stück vorhalten muß, ist das nicht töricht von Ihnen? Was glauben Sie wohl, wie ein Mensch behandelt wird und betrachtet wird, der von Anfang bis Ende leugnet? Dann wird man Sie charakterisieren als einen ganz raffinierten Menschen, der bis zum Letzten versucht, der Wahrheit zuwider auszusagen, das ist verdammt gefährlich, Herr Schwarzer. Seien Sie einmal ein Mann, Sie sind doch kein kleines Kind mehr. Schlagen Sie sich einmal in die Brust. Ungeschehen kann man nichts mehr machen, jetzt nicht mehr, dazu ist es zu spät, aber man kann der Wahrheit die Ehre geben und so mit offenen Augen vor Gericht zu den anderen sprechen. Da kann man auch schildern, warum und wieso es so kommen mußte. Seien Sie doch vernünftig. Es ist ein schwerer Weg für Sie, selbstverständlich haben Sie einen inneren Kampf durchzufechten. Wir haben auch unsere Erfahrungen auf diesem Gebiet. Es ist doch nicht der einzige Fall, der so liegt wie bei Ihnen. Wir haben Verkehr mit 100en und 1000en von Menschen, wir sind doch tagsüber auch unterwegs und wissen, was mit den Menschen vor sich geht. Wenn wir so etwas festgestellt haben, dann kommen wir zu ihnen und sagen, daß sie dazu Stellung nehmen und alle Hemmungen fallen lassen sollen. Alle Angst vor der Verhandlung, irgendwelche Scham vor Verwandten, Angehörigen und Hausbewohnern, das darf Sie jetzt gar nicht interessieren. Wir wollen späterhin auch ergründen, warum es so gekommen ist und wie alles war. Man wird Sie dann betrachten als einen Menschen, nicht als einen Verbrecher, der bis zuletzt lügt. Das sind Sie gar nicht, ich schätze Sie jedenfalls nicht so ein. Ich könnte mit Ihnen auch ganz anders reden. Ich verhandle mit Ihnen wirklich so human. Wir wollen uns doch hier verstehen, wir wollen uns ergänzen. Was gewesen ist, können wir nicht mehr rückgängig machen, aber, was wir wissen und was wir daliegen haben, das kann uns kein Mensch mehr nehmen. Sie wollen mich hier zwingen, daß ich Ihnen das Wort für Wort belegen muß. Ich mache das, aber dann haben Sie sich die Chance aus der Hand nehmen lassen. Glauben Sie, daß Hartha so groß ist, daß wir dort nichts erreicht haben? Hartha ist ein Dorf, ein paar Häuschen, ein paar Gärtchen, eine kleine Gartenkolonie, mehr ist es nicht. Ihre Wohnung, Herr Schwarzer, die kenne ich jetzt besser als Sie.

A: Ja, Sie sind ja drinnen gewesen.

F: Sie haben Ihre Sorge mit Ihrer Schuhmacherei, mit Ihrem Familienleben gehabt, und Sie haben es auch heute noch. Wenn wir zu Ihnen kommen, wir betrachten die Sache ganz anders. Wir ziehen auch Beweismittel bei. Sehen Sie, so kommen wir erst einmal in Fahrt, ich erzähle ihnen langsam Stück für Stück, und Sie schweigen sich aus. Vielleicht wollen Sie mich reden lassen, und solange Sie immer noch weiter schweigen, um so mehr schwindet Ihre Chance, so daß man sagen kann, der Herr Schwarzer, der ist ein Mann, der erzählt nichts als die Wahrheit. Wir erscheinen ja als Kripo auch vor Gericht. Ich kann dann nicht sagen, der Herr Schwarzer, der ist vernünftig gewesen und hat uns die Sache objektiv geschildert. Ich nehme Ihnen das nicht übel, es ist Ihr Recht, aber nur solange, wie ich weiß, ich kann dadurch profitieren. Wenn ich dann merke, daß die Situation durch mein Leugnen kompliziert wird, dann drehe ich mich herum und sage mir, ich muß versuchen, mich am Herzen zu packen, und die Chance noch wahrnehmen, ehe ich Teil für Teil vorgehalten bekomme. Dann ist es nämlich sonst keine freie Angabe, kein Geständnis mehr.

A: Ich verstehe das.

F: Sie denken an die Tochter, an das Enkel, an die ganze Nachbarschaft, Sie denken an alle, das ist richtig, auch verständlich, aber das müssen Sie jetzt beiseite stoßen. Sie müssen jetzt bei der Wahrheit bleiben, erst dann finden Sie Erleichterung. Fassen Sie sich nun ein Herz, wenn es auch schwer ist.

A: Was soll ich sagen. Sie war stärker als ich, sie machte mich kirre. Ich kriegte einen auf die Nase, da kam das Blut. Weiter kann ich nichts sagen, ob Sie es mir glauben oder nicht. Ich weiß nicht mehr, ob ich auf das Sofa gekleckert habe mit meinem eigenen Blut.

F: Wie kommen Sie auf einmal auf Blut zu sprechen?

A: Wo die Kripo von Waldheim da war, da waren doch Blutspritzer auf dem Sofa, das ist mein eigenes Blut gewesen.

F: Na ja, schön, ich habe Ihnen die Sache versucht zu schildern, in Ihrem Interesse. Ich könnte mit Ihnen auch anders sprechen. Ich habe Achtung vor Ihrem Alter, das ist das Einzige, was mich bewegt, Sie behutsam anzufassen. Ich will Ihnen helfen, wir haben die Sachen, so wie sie sich bei Ihnen abgespielt haben, nicht nur einmal, wir haben sie zehn- und zwanzigmal und noch mehr erlebt und bearbeitet. Ich sage es Ihnen nur, weil Sie ein älterer Mann sind und wahrscheinlich schon sehr viel durchgemacht und sehr viel Pech gehabt haben. Wenn

Sie das jetzt nicht zurückweisen und das Angebot nicht annehmen, dann habe ich eben Pech gehabt. Ich werde mich dann entsprechend auf Ihre Vernehmung einstellen. Ich habe Sie späterhin einmal zu beurteilen in den Akten hier, was Sie für ein Mensch sind. Ich muß Sie so beurteilen, wie ich Sie in Erinnerung habe, was Sie für einen Eindruck gemacht haben. Wenn ein Mensch leugnet, das ist kein schlechter Zug, es ist sein gutes Recht, aber nur so lange, wie man sagen kann, daß man damit zum Erfolg kommt. Wenn ich aber einsehe, die wissen zu viel, ich komme nicht ans Ziel, dann bin ich klug genug, um meine Schwächen und Vorteile zu erkennen, und auch mich selbst zu kennen. Ich habe Ihnen das ganz klar vor Augen gehalten, und wenn Sie dabei bleiben und sagen, daß Sie die Wahrheit sprechen, dann gut, es wird im Protokoll festgehalten, und ich beweise Ihnen dann das Gegenteil. Ich will Ihnen noch etwas sagen. Wenn alle Fälle so klar liegen würden wie der Ihrige, dann hätten wir es sehr leicht. Die Fälle liegen meist schwerer, viel, viel schwerer wie der Ihrige. Ich sagte Ihnen schon einmal, wir wissen, was vorgefallen ist, wir wissen, wann und wo es gewesen ist, wir wissen, wo Ihre Frau ist, wir wissen, in welcher Beschaffenheit sie ist. Ich kann sie Ihnen einmal im Original an den einzelnen Orten zeigen, ich kann sie Ihnen im Lichtbild zeigen, ich kann es Ihnen durch Zeugen bestätigen lassen. Wieder einen Schritt weiter. – Das können Sie sich alles ersparen. Es ist schlecht für Sie, verständlich, es ist schlecht, aber es nützt nichts mehr. Es ist einfach furchtbar, so sieht es aus. – –

A: Ja, ich will alles gestehen, ich will alles gestehen. Guter Mann, die war auf Draht, die haute mir einen Schlüssel ins Gesicht. Bis ich mich besann. – Ich habe ihr eine gegeben, sie trat mir ins Knie, ich will es Ihnen zeigen, es war blutunterlaufen. *Schwarzer streift hierauf seine Hose hoch und zeigt die betreffende Stelle.* Ich kriegte eine auf die Nase, da kam mir mein Blut gelaufen. Ich will Ihnen die volle Wahrheit gestehen. Was ich in der Hand hatte, weiß ich nicht, ich habe einen Gegenstand ergriffen, was es war, weiß ich nicht, ich habe ihn ihr auf den Schädel geschlagen, und da krachte sie zusammen. Ich sah sie liegen. Das war das Erste, was ich in meinem Leben gemacht habe, das muß ich sagen. Ich dachte, was machst du nur. Jetzt kommt das Grauenhafte: Das Grauenhafte kommt jetzt: Guter Mann, Erbarmung! … Ich kann nicht mehr sprechen. – – – Ich bin sonntagfrüh, sonntagfrüh habe ich noch die Blümchen meinen Eltern auf das Grab geschafft, ich habe sie gerufen, es nützte nichts, ich bekam keine Antwort. Ich bin zurückgefahren. Ich dachte, was machst du nur. Die mußt du aus dem Haus schaffen. Ich habe es getan. Ich habe alles gesprochen. Ich habe die volle Wahrheit gesagt.

F: Das ist auch das Beste, Herr Schwarzer, für Sie und für alle Beteiligten. Was Sie sagten, war nur ein ganz kurzer Abriß, es ist schwer, das in Worten zu schildern, ich weiß es. Aber Sie werden merken, Herr Schwarzer, wenn Sie nachher etwas Anstand gewonnen haben, daß für Sie die Sache nachher leichter zu ertragen ist, als wie dauernd die Belastung, wie geht es weiter, wie komme ich heraus, was geschieht hier noch. –

A: Die war zu schlecht zu mir in der letzten Zeit. 14 Tage vor dem Streit sagte sie mir, als ich sagte: ›Am besten, unsere Ehe geht auseinander‹, sie dächte gar nicht daran. Wenn sie auseinanderginge, so sagte sie mir, ob ich schon Bekanntschaft gemacht hätte mit der Kluge, der Leichenfrau. Ich sagte: ›Ich brauche es nicht, vielleicht machst du es?‹ – Ich habe es getan. Glauben Sie mir, ich sage Ihnen die volle Wahrheit.

F: Haben Sie jemals gedacht, Herr Schwarzer, daß die Sache nun zeitlebens verschwiegen werden kann?

A: Ich hätte es allein noch offenbart. Ich hätte es auf die Dauer nicht ertragen können. Das können Sie mir glauben.

F: Haben Sie meinen Worten, die ich Ihnen vorhin sagte, auch geglaubt, oder haben Sie angenommen, der kann mir viel erzählen, der weiß gar nichts?

A: Ich habe Ihnen geglaubt, guter Mann. Daß ich mich habe soweit hinreißen lassen, das ist das erste Mal in meinem Leben.

F: Schildern Sie uns den Sonnabendabend, den 10.6.1950, so wie er Ihnen im Gedächtnis ist. Fangen Sie mit dem Vormittag an, und hören Sie mit den Spätabendstunden auf.

A: Sonnabendvormittag habe ich gearbeitet. Sie fing um 12 Uhr an mit Arbeiten bis abends 18 Uhr bei der *Firma Dathe*, also Nachmittagsschicht. Um 6 Uhr abends machte sie das Abendbrot, als sie nach Hause kam. Sie sagte, daß sie fertig sei, ich antwortete ihr mit: ›Ja.‹ Ich habe um diese Zeit noch in der Küche genäht. Ich habe aufgehört, wir haben Abendbrot gemacht, das war so ½ 7 Uhr durch. 5 Minuten nach ½ 7 habe ich ihr gesagt, daß ich nach Minkwitz fahre, um die Schäfte zu bezahlen. Sie sagte: ›Ich fahre mit‹, worauf ich ihr entgegnete: ›Du fährst nicht mit.‹ Sie sagte: ›Da fliegt deine Bereifung herunter!‹ Diese ist aus der Westzone.

F: Warum wollten Sie den Stenzel an dem Sonnabend aufsuchen?

A: Dazu hatte ich keinen Grund. Ich wollte nur hinfahren, um die Schäfte zu bezahlen. Ich habe die Sachen zu Herrn Stenzel geschafft, das war 14 Tage vor dem. Da war ich allein dort. Sie sind von Stenzel zurückgekommen über Buschmann. Am Sonnabend wollte ich die Schäfte bezahlen. Ich bin aufs Gradewohl hingefahren. Meine Frau wollte mitfahren. Ich sagte: ›Du brauchst nicht mit.‹ Sie sagte: ›Da fliegt eben die Bereifung herunter, die ist meine, die geht dich gar nichts an.‹ Sie hatte sich die Bereifung von der Westzone schicken lassen, die auf meinem Rad war. Ich sagte: ›Das hast du doch nicht notwendig.‹ Sie griff nach dem Ventil und wollte mir die Luft rauslassen. Ich sagte: ›Unterstehe es dir, ich nehme den Knüppel und haue dir die Finger breit!‹ Ich meinte damit ein Stück Holz. Sie ließ auch die Finger davon. Ich sagte: ›Ich fahre los.‹ Ich nahm mein Rad heraus, und da ging sie eine Treppe hoch. Mein Rad steht immer in dem Schuppen, Sommer wie Winter. Ich habe mein Roß genommen, bin vorneweg gefahren, sie ist mir nach. Ich habe beobachtet, daß sie mir hinterhergefahren ist. Der Abstand war ca. 100 Meter. Ich bin so gefahren, wie es sich gehört. Gejagt bin ich nicht, denn da raus war Steigung. Ich dachte, warte, sie soll dich nicht einkriegen, da habe ich mich ab und zu einmal umgeguckt. Wenn sie mir näher kam, bin ich wieder etwas schneller gefahren.

F: Was meinen Sie, weswegen Ihnen Ihre Frau hinterhergefahren ist?

A: Es ist jedenfalls wieder Eifersucht gewesen, anders kann ich es mir nicht denken.

F: Aber spielt da Minkwitz eine so große Rolle?

A: Sie wollte eben mitfahren, obwohl sie wußte, daß ich zu Stenzel wollte. Warum sie gerade mit nach Minkwitz mitfahren wollte, das weiß ich nicht und wußte ich auch nicht. Ich habe auch keine Vermutung.

F: Wo haben Sie Ihre Frau das erste Mal bemerkt, daß sie hinter Ihnen hergefahren kam?

A: Beim Stadtwäldchen.

F: Wie groß war die Entfernung zwischen Ihnen, als Sie Ihre Frau hinter sich herkommen sahen?

A: 100 Meter.

F: Ist diese Entfernung beibehalten worden bis nach Minkwitz raus?

A: Es kam da eine Steigung beim Stadtwäldchen. Sie kam nicht mit nach. Ich habe vielleicht Vorsprung gehabt und bin dann immer wieder allmählich gefahren, ich sah mich immer wieder um.

F: Wußte Ihre Frau, wo Stenzel in Minkwitz wohnt?

A: Das weiß ich nicht.

F: Haben Sie Ihre Frau gesehen, während Sie unmittelbar beim Grundstück des Stenzel waren?

A: Als ich bei Stenzel heraustrat, kam sie mit ihrem schwarzen Kostüm vorbei, also über Stenzel hinaus. Ob sie nun hat mein Rad draußen stehen sehen? Da hat sie dann vielleicht Halt gemacht.

F: Da dürfen Sie sich nicht lange bei Stenzel aufgehalten haben.

A: Höchstens zwei Minuten. Es war nur das Fräulein da und die Mutter. Ich sagte: ›Ich habe noch Schulden.‹ – Ich habe die 8,-- DM dem Fräulein Stenzel gegeben, mich gar nicht erst gesetzt. Sie holte mir einen Stuhl, und da habe ich gesagt: ›Nein, ich setze mich nicht.‹

F: Warum fuhren Sie gerade am Sonnabend abend zu Stenzel, waren Sie nicht abgearbeitet?

A: Das tut mir gut, einmal an die frische Luft. Um neun Uhr abends habe ich oft eine Runde gemacht, immer allein.

F: Wollte Ihre Frau nicht einmal mitgehen?

A: Die Woche hatte sie gerade Abendschicht.

F: Aber sonst, die anderen Tage?

A: Da bin ich nie gegangen, weil sie immer, wenn sie mit mir lief … da kamen wir immer in Streit.

F: Wer hat es abgelehnt, gemeinsam zu gehen?

A: Ich. Sie hat mir mein Feuerwehrvergnügen verdorben, direkt. Da war ich alles in ihren Augen. Es ging eben nicht mehr.

F: Wie ist es denn nun verhindert worden, daß Ihre Frau mitging?

A: Ich bin eben gegangen. Sie verstand nur mit Reden umzugehen. Ich habe sie abschlägig beschieden, da ist sie nicht mitgegangen.

F: Nun waren Sie in Minkwitz. Sind Sie von dort wieder zurückgefahren?

A: Ja. Am Jägerhof, wo die kleine Steigung ist, da bin ich gelaufen. Vielleicht so zehn Schritt vor mir überfuhr sie mich. Ich sagte: ›Heu, jetzt kommst du wirklich noch, hast du nun gesehen, wo ich gewesen bin?‹

F: Als Sie dies fragten, was sagte sie da?

A: Gar nichts.

F: Wie war Ihre Frau auf dem Rad bekleidet?

A: Schwarzes Kostüm, rosarote Bluse.

F: Sind Sie nun schneller gefahren oder genauso wie auf der Hinfahrt?

A: Rückwärts habe ich mir Zeit genommen.

F: Hat Sie Ihre Frau auf diesem Weg überholen können?

A: Ja, da kriegte sie mich ein.

F: Hatten Sie damit gerechnet, daß sie Sie einholt?

A: Ich habe damit gerechnet.

F: Sind Sie nun gemeinsam, oder sind Sie getrennt zurückgefahren?

A: Sie ist hinter mir hergefahren.

F: Wie groß war der Abstand?

A: So drei Meter.

F: Wem war das Rad, welches Ihre Frau gefahren hat? Hatte sie ein eigenes Rad?

A: Nein. Sie ging eben hoch. Ob sie die Genehmigung hatte von dem Herrn Timm, das weiß ich nicht. Sie ging hoch, während ich noch in der Wohnung war. Ich hörte sie die Treppe herunterkommen, als ich mit meinem Rad aus dem Hausflur ging.

F: Mußten Sie also mit der Möglichkeit von Anfang an rechnen, daß sie mit dem Rad hinter Ihnen herkam?

A: Jedenfalls hat sie das im Willen gehabt.

F: Haben Sie auf dem ganzen Wege von Minkwitz bis Hartha noch mit Ihrer Frau gesprochen, außer dem einen Satz, den Sie vorhin anführten?

A: Nein, außer dem einen Satz nichts mehr.
F: Wer ist zuerst ins Haus eingetreten?
A: Ich mit meinem Rad.
F: Und Ihre Frau?
A: Die brachte das Rad unmittelbar nach mir.
F: Wo haben Sie das Rad hingestellt?
A: In den Schuppen.
F: Und Ihre Frau?
A: Ins Waschhaus.
F: Und dann?
A: Dann sind wir in die Wohnung gegangen. Ich sagte in der Küche zu ihr: ›Hast du das notwendig, daß du hinter mir herfährst?‹
F: Was sagte Ihre Frau dazu?
A: Sie sagte, sie führe eben mit. Sie ließe sich von mir nicht abwimmeln. Wo ich hinginge, ginge sie auch mit. Ich sagte ihr noch: ›Wenn ich die Wahrheit sage, das muß dir doch genügen.‹
F: Als Sie Ihrer Frau das sagten, wo war sie da?
A: Sie stand vorn am Küchentisch.
F: Welchen Küchentisch meinen Sie?
A: Sie stand an dem Küchentisch, der sich vorn, wenn man hereinkommt zur Küche, befindet an der Wand.
F: Was machte sie da?
A: Sie hat nur dort gestanden.
F: Was hat Ihre Frau erwidert, als Sie ihr das erzählten?
A: Sie ginge überall mit hin, sie ließe sich nicht mehr abwimmeln. Ich sagte: ›Wenn du dich nicht abwimmeln läßt, da darfst du auch nicht gehässig sein. Das darfst du nicht sagen, daß ich mein Geld vermenschern würde.‹
F: Blieb Ihre Frau während der ganzen Unterhaltung an diesem Küchentisch stehen?
A: Sie blieb stehen. Ich selbst bin dann einmal weggegangen, um zu sehen, ob die Kirschen reif sind. Mein Schwiegersohn war nicht mehr da, er war vor acht Uhr

weggegangen. Ich bin über den Markt zurück zu meiner Wohnung gegangen.

F: Ist es jetzt schon zu Tätlichkeiten gekommen?

A: Nein.

F: Gingen Sie erst in die Werkstatt hinter, um sich umzuziehen oder so etwas?

A: Nein.

F: Wie lange werden Sie ungefähr in der Wohnung gewesen sein, bis Sie weggegangen sind?

A: Es war vielleicht so zehn Minuten nach acht Uhr.

F: Wann sind Sie angekommen?

A: Fünf Minuten nach acht oder zehn Minuten nach acht Uhr. Weggefahren sind wir so fünf Minuten vor ¾ 7 Uhr oder ¾ 7 Uhr herum.

F: Also sind Sie nach Ihren eigenen Schilderungen mehrere Minuten mit Ihrer Frau in der Wohnung geblieben? Wieviel Minuten ungefähr?

A: Eben, ich sagte schon, bis zehn Minuten nach acht Uhr.

F: Haben Sie in den zehn Minuten nur Worte gewechselt, oder haben Sie auch noch etwas anderes getan?

A: Da habe ich nichts weiter getan. Ich habe ihr das gesagt, was ich vorhin schon erwähnte, und darauf sagte sie mir, sie wäre vorläufig noch meine Frau. Ich sagte: ›Gut.‹ Ich habe die Tür aufgemacht und ihr gesagt, daß ich zu Herbertn will.

F: Wollte sie da wieder mitgehen?

A: Nein, davon hat sie nichts gesagt.

F: Sie sind aus der Wohnung heraus. Wie sind Sie dann gegangen?

A: Ich bin links hoch die August-Bebel-Straße nach der Pestalozzistraße, rechts herum, und dort an der Ecke, wo der Briefkasten ist, wohnt mein Schwiegersohn Herbert Pape.

F: Haben Sie auf dem Wege jemand getroffen, jemand gesehen oder gegrüßt?

A: So genau weiß ich das nicht. Als ich ging, habe ich die Frau Jannasch gegrüßt.

F: Haben Sie auch jemand gesehen, als sie von Minkwitz zurückkamen?

A: Da hat mich auch die Frau Jannasch gesehen, die mit ihrem Sohn herunter guckte.

F: Haben Sie bei Papes jemand angetroffen?

A: Nein, die waren nicht zu Hause. Die gehen immer zu ihrem Freund. Ich habe auch nicht wollen weiter klopfen.

F: Wußten Papes, daß Sie an dem Abend noch kommen?

A: Nein. Ich hatte nur gesagt, ich werde euch nochmals aufsuchen heute abend. Sie waren in Saalbach unten gewesen und hatten die Kleine mitgehabt. Es war nicht vereinbart, daß ich an dem bestimmten Abend dort hinkomme.

F: Was wollte Sie bei Ihrem Schwiegersohn?

A: Ich wollte nur wissen, ob er ein paar Kirschen mitgebracht hat und Milch.

F: Sie hatten wohl vorher schon mit ihm gesprochen, daß Sie Kirschen haben wollten?

A: Ja.

F: Haben Sie an der Tür bei Papes gewartet?

A: Nein. Ich habe an den Fenstern gesehen, daß die Verdunklungsrollen unten waren, und da bin ich gleich wieder weitergegangen.

F: Wie sind Sie nun gelaufen? Wohin sind Sie gelaufen?

A: Über den Markt hinunter, bei der Apotheke rein.

F: Das ist doch ein kleiner Umweg?

A: Ja, ich bin aber so gegangen, bloß damit ich ein Stück gelaufen bin. Ich war vielleicht 5 nach ½ 9 Uhr wieder zu Hause.

F: Sind Sie gleich in die Wohnung reingegangen? Haben Sie jemand getroffen, als Sie wieder nach Hause kamen?

A: Ich könnte mich nicht entsinnen, jemand getroffen zu haben.

F: Hatten Sie etwas mitgenommen zu den Papes?

A: Nein, gar nichts.

F: War die Tür offen, als Sie nach Hause kamen, oder mußten Sie Ihre Frau erst herausklingeln?

A: Die Tür war auf. Ich bin rein, da guckt sie mich an. Ich sagte: ›Was guckst du mich schon wieder so böse an?‹ Sie ging gleich wieder in die Höhe. Sie sagte: ›Wir wollen heute abend einmal weggehen.‹ Ich sagte: ›Ich kann nicht, ich habe kein Geld.‹

F: Wohin wollte Ihre Frau gehen?

A: Das hat sie nicht gesagt. Ich bin ganz selten weggekommen.

F: Wann war es letztmalig, als Sie mit Ihrer Frau ausgegangen sind?

A: Ich bin in kein Kino gekommen und gar nichts. Es war zum letzten Feuerwehrball, dieses Jahr. Genaue Zeit weiß ich nicht mehr. Der Feuerwehrball fand im *Forsthaus* statt.

F: Von dieser Zeit an sind Sie nie wieder mit Ihrer Frau weggewesen?

A: Nein.

F: Wie kam Ihre Frau drauf, an diesem Abend mit Ihnen weggehen zu wollen?

A: Das weiß ich nicht.

F: Schildern Sie, was zwischen Ihnen beiden gewesen ist, den Wortwechsel, den Sie vorhin anführten.

A: Sie hielt mir wieder das vor, ich hätte wieder kein Geld, ich täte es vermenschern. Ich habe gesagt: ›Erlaube mal, ich habe meinem Schwiegersohn soundsoviel gegeben, wo er in Leipzig war.‹ Sie hat mich sonst etwas genannt. Sie hat gesagt, ich würde das Geld vermenschern, ich hätte immer kein Geld. Ich habe ihr gesagt, daß ich meinen Schwiegersohn unterstützt habe, wo sein Kind im Krankenhaus gelegen hat. Ich habe gesagt: ›Ob du das glaubst oder nicht, ich habe dich auch nicht gefragt, was du mit deinem Geld gemacht hast. Du hast jede Woche dein Geld verdient, du hast von mir das Wirtschaftsgeld erhalten. Es war mein verdientes Geld. Wenn ich das den Kindern gegeben habe, dann lasse ich mir von dir keine Vorschriften machen.‹

F: War das das erste Mal, daß Sie Ihrer Frau Rechenschaft darüber ablegten, daß Sie Geld dem Schwiegersohn gegeben haben?

A: Das war das erste Mal.

F: Meinen Sie, daß das Ihre Frau nicht geglaubt hat?

A: Das hat sie nicht geglaubt.

F: Ging es nun hin und her?

A: Es fiel ein Wort aufs andere.

F: Haben Sie noch die Worte im Gedächtnis, die gewechselt worden sind?

A: Die habe ich nicht mehr im Gedächtnis.

F: Wo war Ihre Frau?

A: Sie stand am Ofen.

F: Was hat sie da gemacht?

A: Sie hatte nichts in den Händen, wo wir uns gezankt haben. Sie hatte nur den Schlüssel in den Händen. Ich saß auf dem Sofa.

F: Welche Körperpartie hat Ihre Frau Ihnen zugewandt, als die Diskussion hin und her ging? Haben Sie sie angeguckt?

A: Sie hat mich angeguckt, aber mit was für einem Blick. Sie stand mit dem Gesicht nach mir zu. Es fiel ein Wort aufs andere. Ich habe gesagt: ›Das kannst du nicht verantworten, was du mir ins Gesicht schleuderst, von wegen Hurenbock und alles.‹ Ich sagte noch: ›Vielleicht hast du es getrieben und ich nicht.‹ Als ich nun das raus hatte, kriegte ich eins auf die Nase gelatscht, und mir strömte das Blut aus der Nase. Das war der erste Schlag, den sie mir versetzte. Sie schlug mit der rechten Hand zu. Ich weiß nicht, ob flach geschlagen worden ist oder mit der

Faust. Ich saß auf dem Sofa, da kam bei mir das Blut. Jetzt stand ich auf, ging auf meine Frau zu, kriegte sie an den Schultern zu packen. Ich sagte: ›Hast du das notwendig, daß du mich so wieder hinstellst?‹ Ich kriegte noch viel mehr. Ich habe ihr eine verwinkt, wohin, weiß ich nicht mehr. Da war der Schlag ihrerseits, als ich sie so an den Schultern anpackte, das mit den Schlüsseln auf meine Lippen war schon passiert. Sie kratzte mir am Gesicht herunter, sie hackte mich an der linken Kinnseite, es ging hart auf hart.

F: Erzählen Sie ruhig weiter, wie die Reihenfolge war.

A: Ich kann nicht mehr. Ich sage die volle Wahrheit. Es war das Schrecklichste, daß sie nachher auf dem Erdboden lag.

F: Hatten Sie bis jetzt schon einmal zugeschlagen?

A: Bis dahin noch nicht. Sie kratzte mich an den Backen, sie ging auch nach dem Schlund, da habe ich ihr einen richtigen Schubs gegeben, habe sie gegungst, sie kollerte über den Stuhl, der zwischen Ofen und Tisch stand, sie ist hingekollert. Ich will meine Strafe gern büßen, aber wenn mich ein Mensch reizt. Ich bin ein seelenguter Mensch, da können Sie die Leute fragen, die werden nie etwas Schlechtes sagen. Sie lag auf dem Erdboden, da bin ich in meine Werkstatt, an den Ofen, da hatte ich einen Gegenstand, das habe ich ihr auf den Pinsel gepocht. Es war ein Eisenkeil, 14 cm lang. Da lag sie noch auf dem Erdboden.

F: Warum stand Ihre Frau da nicht auf?

A: Das weiß ich auch nicht. In meiner Wut habe ich das nicht mehr gesehen.

F: Hat Ihre Frau nichts mehr gesagt, als sie auf den Erdboden gefallen war?

A: Gar nichts.

F: Lag sie mit dem Gesicht nach oben oder nach unten?

A: Mit dem Gesicht nach unten. Oh, jetzt kommt das

Schreckliche. Man wehrt sich auch seiner Haut, aber daß das so anfällt. Ich habe die volle Wahrheit gestanden.

F: Als Sie in die Werkstatt gingen und zurückkamen, lag Ihre Frau immer noch so da?

A: Ja, ich sah das Blut laufen, als ich den Gegenstand wieder hinstellte.

F: Als Ihre Frau über den Stuhl gefallen war, da lag sie auf dem Fußboden mit dem Gesicht nach unten. Sie sind in die Werkstatt und haben den Eisenkeil geholt, der kam Ihnen gerade in die Hände, wie Sie vorhin sagten. Als Sie zurückkamen, lag sie immer noch so da und sah nach unten, hat nichts gesagt. Sie haben schwarzgesehen und darauf gepocht, als sie da lag. Wohin haben Sie da getroffen?

A: Ich habe sie höchstens auf den Hinterkopf getroffen.

F: Wie viele Male haben Sie zugeschlagen?

A: Ich glaube zwei- oder dreimal habe ich hingefuchst.

F: Hat sie nichts mehr gesagt?

A: Nein.

F: Hat sich Ihre Frau nicht gewehrt?

A: Sie hat sich nicht gewehrt. Sie hat sich nur zuerst an mir vergriffen. Die Auseinandersetzung war eben zu kraß.

F: Ihre Frau ist auch an den Fingern verletzt worden. Wie kommt dies zustande? Finger sind vollkommen durchgeschlagen, da muß es doch ein bißchen anders gewesen sein?

A: Das kann ich nicht mehr sagen.

F: Haben Sie den Eindruck gehabt, daß Ihre Frau noch am Leben war, als sie über den Stuhl gekollert war?

A: In meiner Wut habe ich nachher nichts mehr gesehen.

F: Haben Sie Ihrer Frau auch so einen Hieb versetzt, während sie noch stand, oder haben Sie sie erst auf den Schädel geschlagen, als sie bereits zu Fall gekommen war?

A: Nein, erst als sie am Boden lag.

F: Wo hat Ihre Frau die Hände gehabt, als sie am Boden lag?

A: Das habe ich alles nicht mehr gesehen, es flunkerte mir alles so. Die Auseinandersetzung war zu kraß.

F: Wo ist dieser Eisenkeil hingekommen?

A: Den habe ich wieder hingestellt.

F: Haben Sie noch mehr Werkzeug benutzt?

A: Nein.

F: Haben Sie auch einen Dorn benutzt?

A: Daran kann ich mich nicht mehr erinnern. Ich war kein Mensch mehr, ich stand wie ein Vieh.

F: Es steht aber fest, daß Ihre Frau mit einem Dorn in den Kopf gestochen worden ist.

A: Ich kann mich nun nicht mehr entsinnen.

F: Haben Sie Ihre Frau auch, ehe Sie das Werkzeug nahmen, mit den Fäusten bearbeitet?

A: Nein, gar nicht.

F: Schildern Sie den weiteren Verlauf, nachdem das mit dem Eisenkeil vorbei war. Sie sagten, Sie haben dreimal zugeschlagen, was haben Sie dann noch getan?

A: Ich habe sie angeguckt, da sah ich eben, daß es alle wird mit ihr.

F: Wo lag Ihre Frau nun eigentlich?

A: Nach dem Ofen zu, nach der Werkstattüre zu, die Beine nach der Schlafkammertür.

F: Sie haben sich schon ganz schön durchgerungen, die Wahrheit zu sagen. Sagen Sie mir auch, hat Ihre Frau auf dem Sofa gesessen, als die Schlägerei losging?

A: Da habe ich gesessen. Ob sie auf diesem gesessen hat, als ich meinen Rundgang gemacht habe, das weiß ich nicht.

F: Jedenfalls auf dem Sofa ist es nicht zur Schlägerei gekommen?

A: Dort tat sie mich verwackeln. Ich habe dort auf der Ecke gesessen, da schlug sie mich zurecht.

F: Wie ging es weiter, als es passiert war?

A: Als ich sah, daß sie kalt war, da dachte ich, was machst du nur. Das ging mir nicht durch, was ich überhaupt gemacht hatte. Ich sagte mir, du mußt sie beseitigen. Das soll ich also offenbaren, ich kann nicht mehr. Sie wissen alles, Sie wissen es, ich brauche das nicht zu offenbaren, ich bin es gewesen. –

F: Einmal müssen Sie es sagen, Herr Schwarzer, darum kommen wir nicht, das gehört dazu.

A: Du tust sie wegtransportieren, habe ich gedacht.

F: Nun sagen Sie es nur, Herr Schwarzer, die Sache ist doch vorbei, wir haben alles festgestellt, was gewesen ist.

A: Sie wissen alles.

F: Wielange haben Sie sie liegen lassen?

A: Bis gegen ein Uhr nachts.

F: Was haben Sie in der ganzen Zeit gemacht?

A: Da habe ich bloß dortgesessen, bin nicht in mein Bett gegangen, habe in der Küche bei der Frau auf dem Stuhl gesessen.

F: Sie hat doch nichts mehr gemerkt, sie war doch tot, da kann man es doch ruhig sagen, Herr Schwarzer.

A: Na ja, das stimmt doch.

F: Das sieht zwar jetzt schlimm aus, ist auch schlimm, aber das tut doch nicht mehr weh, sie war doch kein Mensch mehr.

A: Ich bin grauenhaft gewesen.

F: Sie haben bis ein Uhr nachts im Zimmer gesessen, haben die Frau vor sich gesehen, was haben Sie gemacht. Haben Sie sich etwas überlegt?

A: Ich war fertig. Guter Mann, plagen Sie mich nicht länger.

F: Haben Sie Ihrer Frau irgend etwas ausgezogen, haben Sie sie anders angezogen?

A: Nein, ich habe sie so gelassen, wie sie gewesen ist.

F: Haben Sie bis ein Uhr die Wohnung gesäubert oder etwas weggebracht?

A: Habe alles liegen gelassen.

F: Sie sind bis ein Uhr in der Küche geblieben? Wo haben Sie gesessen?

A: Auf dem Stuhl.

F: Haben Sie gar nichts gemacht? Haben Sie geweint?

A: Bitterlich, es war die Reue für das, was ich gemacht habe.

F: Schildern Sie kurz, mit ein paar Sätzen. Hatten Sie sich auch zu dem Entschluß durchgerungen, wie Sie sie beiseite bringen wollen?

A: Kein Entschluß.

F: Wann haben Sie das gemacht, was Sie sagen wollen? Diese Nacht um ein Uhr oder am Morgen?

A: Am selben Abend.

F: Vor ein Uhr oder nach ein Uhr?

A: Bis ein Uhr habe ich immer noch gefühlt und gemerkt, ich war früher bei der Sanität, ich habe alles abgehorcht … ich habe ihr ins Gesicht gegriffen, es war alles kalt. Ich habe bis ein Uhr dort gesessen und sie angestiert, sie lag mit dem Gesicht nach unten.

F: Sie sagten vorhin, Sie haben sich überlegt, wie Sie sie beseitigen können, um die Spur zu verwischen. Das haben Sie um ein Uhr gemacht? Wie sind Sie den auf den Gedanken gekommen, Ihre Frau in den Garten zu bringen? Ist Ihnen das so eingefallen? Haben Sie das irgendwo mal in einer Zeitung oder in einem Kriminalroman gelesen?

A: Wir haben viele Kriminalbücher vor Weihnachten gelesen. Die hatten wir von Frau Schreck, auch Hede brachte uns welche.

F: Ist das das Ergebnis davon?

A: Ja.

F: Wären Sie sonst auch auf die Idee gekommen, Ihre Frau im Garten zu verbuddeln? – *keine Antwort* – Haben Sie auch einmal Kriminalschmöker gelesen, wo drinnen steht, wie man Leichen beiseite bringt?

A: Darauf kann ich mich nicht entsinnen.

F: Also kann man sagen, daß das Beiseitebringen Ihrer Frau mit den Kriminalschmökern nicht parallel geht?

A: Nein.

F: Wie kamen Sie auf die Idee, Ihre Frau in den Garten zu bringen?
A: Ich wollte die Spur verwischen. Das ist das Einzige, was ich sagen kann.
F: Warum aber gerade in den Garten?
A: Auf das Stück hätte ich ein paar Blumen gepflanzt.
F: Meinen Sie, daß es da nicht herausgekommen wäre?
A: Das hätte mir nachher keine Ruhe gelassen. Ich hätte es müssen nachher gestehen.
F: Wie haben Sie das verpackt?
A: Ich grauenvoller Mensch. So gibt es gar keinen, wie ich gehandelt habe.
F: Haben Sie bis um ein Uhr den klaren Gedanken fassen können, wie Sie die Leiche beiseite schaffen können?
A: Ich sah bloß, daß sie immer noch dort lag. Ich habe gestiert, es war kein Blick mehr, das können Sie glauben.
F: Wann haben Sie die Säcke geholt?
A: Nach ein Uhr.
F: Aus dem Schuppen oder aus dem Korridor? – *keine Antwort* – War der Sack leer?
A: Ja.
F: Hinter der Portiere?
A: Ja.
F: Wie haben Sie das zerteilt? Vorher oder hinterher?
A: Nach ein Uhr.
F: Haben Sie die Säcke erst geholt, als es schon zerteilt war, oder haben Sie sie vorher schon geholt gehabt?
A: Hinterher geholt.
F: Mit was haben Sie das gemacht?
A: Mit der Säge.
F: Mit der Bügelsäge?
A: Ja. Ich will alles gestehen, ich will nichts schwindeln.
F: Haben Sie dazu ein Beil benutzt?
A: Nein.
F: Nur die Säge?

A: Ja, und ein Messer aus dem Küchenschrank. Ich hätte es nicht sollen machen.

F: Es ist für Sie moralisch gesehen furchtbar, aber das müssen Sie abstreifen. Wir wollen auch die Kleinigkeiten wissen. Hatten Sie schon die Säge geholt, ehe Sie die Säcke vom Korridor holten?

A: Ja.

F: Wie kamen Sie auf die Idee, die Säge zu benutzen?

A: Weil ich nichts anderes im Moment hatte. Mit dem Messer kam ich nicht durch, das hatte ich schon versucht.

F: Warum haben Sie gerade die Beine abgemacht?

A: Damit es nicht so lang sollte sein.

F: Warum störte die Länge?

A: Wegen des Transportes.

F: Wegen der Säcke oder wegen des Wagens?

A: Wegen der Säcke.

F: Haben Sie das gleich an Ort und Stelle gemacht?

A: Alles.

F: Haben Sie es vorher schon mit dem Messer gemacht, soweit es ging, und dann die Säge geholt? War es auch bei dem Kopf dasselbe?

A: Ja.

F: Haben Sie die Knie durchgesägt oder bloß mit dem Messer durchgeschnitten?

A: Das weiß ich nicht mehr.

F: Wann wurden Sie ungefähr damit fertig?

A: In der zweiten Stunde.

F: War es da schon eingepackt?

A: Ja.

F: Haben Sie es dann noch liegen lassen?

A: Ja.

F: Wo?

A: In der Schlafstube.

F: Haben Sie es hinübergeschafft?

A: Ja. Da habe ich wieder geweint.

F: Haben Sie in der Küche sauber gemacht?
A: Zweimal ausgewischt.
F: Mit welchem Behälter und Lappen?
A: Ich habe den Zinkeimer benutzt, mit kaltem Wasser. Den kleinen Eimer habe ich nicht benutzt, nur den großen.
F: Was für einen Lappen dazu?
A: Die blaue Schusterschürze. Als ich sie nahm, lag die …
F: Haben Sie noch Lappen benutzt außer dieser Schusterschürze? Einer lag doch noch im Ofen, der zusammengewrungen war.
A: Mit diesem hatte ich angefangen, das Blut zu beseitigen, aber er war zu klein.
F: Was haben Sie damit gemacht? Haben Sie ihn in den Ofen gesteckt und angebrannt?
A: Das Papier war vom Rasieren.
F: Was hatten Sie für ein Reinigungsmittel?
A: Reines Wasser.
F: Haben Sie auch Sand benutzt?
A: Gar nicht.
F: Was haben Sie alles sauber gemacht?
A: Bloß dort, wo Blut war.
F: Wo war das?
A: Auf dem Erdboden war eine Blutlache, die war breit gelaufen. Das habe ich restlos sauber gemacht.
F: Haben Sie auch andere Stellen in der Küche sauber gemacht, außer das auf dem Fußboden?
A: Am Ofen die Blutspritzer, die habe ich mit weggewischt, beseitigt. Weiter habe ich mich gar nicht umgeguckt.
F: Haben Sie die Säcke zugeschnürt oder offen gelassen?
A: Einen zugebunden, den anderen offen gelassen.
F: Wo hatten Sie das Band her zum Zubinden?
A: Das lag in der Werkstatt an der Tür.
F: Das war nun zwei Uhr nachts. Das Paket lag in der Kammer. Was haben Sie nun gemacht?
A: Auf das Sofa gesetzt und similiert bis früh.

F: Hatten Sie das Licht brennen oder war es dunkel?

A: Licht war ausgelöscht, aber vordem brannte Licht die ganze Zeit bis zwei Uhr.

F: Waren die Rollos herunter gezogen oder nicht?

A: Ja, die waren herunter gezogen.

F: Als Sie um zwei Uhr soweit klar waren, haben Sie das Licht ausgelöscht, und haben Sie sich dann lang gelegt?

A: Hingesetzt auf das Sofa.

F: Was haben Sie die ganze Zeit gemacht?

A: Gar nichts. Ich habe nur immer an den Ofen geguckt. Ich habe jetzt die volle Wahrheit gesprochen, mehr kann ich nicht sagen.

F: Was haben Sie nun gedacht? Ihre Frau konnte doch nun nicht ewig so liegen bleiben?

A: Das war eben das, wie beseitigst du sie, wie schaffst du sie weg.

F: Sind Sie zum Entschluß gekommen?

A: Ja, Sonntagnacht habe ich die aus meiner Wohnung geschafft.

F: Welche Zeit?

A: Nach zehn Uhr abends, es war finster, habe sie also den ganzen Sonntag liegen lassen in meiner Wohnung.

F: Wie haben Sie sie weggeschafft?

A: Auf den Buckel genommen.

F: Alle beide Säcke gleich?

A: Nein.

F: Welchen Sack zuerst?

A: Den kleinen Sack.

F: Und den großen Sack?

A: Den habe ich mit dem Handwagen rausgeschafft.

F: Hatten Sie da den kleinen Sack schon verbuddelt?

A: Im Finstern habe ich die Leiche verbuddelt in *EbertsLand* im Garten. Den Kopf in dem kleinen Sack habe ich draußen liegen gelassen, weil ich dachte, mußt erst den großen Sack holen. Habe ihn geholt mit dem Handwagen.

F: Welche Zeit war das ungefähr? War das auch nachts oder morgens?
A: Es war Montagmorgen.
F: Welche Zeit war das ungefähr?
A: Fünf Uhr.
F: Wo haben Sie das in den Handwagen reingetan?
A: Im Hausflur reingetan und rausgefahren.
F: Hat Sie jemand auf der Fahrt da raus gesehen?
A: Ja, da kamen verschiedene Arbeiter. Ich habe mich aber nach keinem umgeguckt.
F: Hat jemand mit geschoben am Handwagen?
A: Ein gewisser Zetzsche.
F: Als Sie nachher rauskamen in dem Garten, da war es doch schon heller. Was haben Sie dann gemacht?
A: Ich bin mit dem Handwagen gefahren.
F: Und dann?
A: Habe ich die Säcke reingetan, den großen zu unterst, den andern gleich drauf. Dann die Erde draufgebaddelt und bin wieder reingefahren. Habe die Erde so gelassen, wie sie gerade fiel.
F: Wie lange werden Sie im Garten gewesen sein? Bis um welche Zeit?
A: Vielleicht um sechs Uhr war ich schon wieder drinnen.
F: Wie lange waren Sie zuvor im Garten, als Sie den Kopf hingeschafft haben?
A: Habe höchstens ¾ Stunde gebraucht zum Abladen.
F: Sind Sie dann nach Hause gefahren? Was dann?
A: Habe mich auf meinen Schemel gesetzt und weiter gearbeitet. Das ist die volle Wahrheit.
F: Wo ist der DPA (Deutsche Personalausweis) Ihrer Frau geblieben?
A: Den habe ich in den Ofen gesteckt.
F: Wann?
A: An dem Abend, wo sie dann tot war.
F: Warum haben Sie ihn in den Ofen gesteckt?

A: Das entspricht meinen Kenntnissen, weil ich mir sagte, sie ist tot.

F: Deshalb braucht man doch nicht den Ausweis in den Ofen zu stecken?

A: Sie hat doch keinen mehr.

F: Sie hat doch noch ein Arbeitsbuch, das FDGB-Mitgliedsbuch. Warum nehmen Sie gerade den DPA?

A: Montag kam Frau Lohse zu mir und fragte mich, ob sie denn einen Ausweis mit hat. Da bin ich hinterher und habe gesagt: ›Der Ausweis ist weg‹, obwohl ich sah, daß er da ist. Ich habe ihn Montagfrüh verbrannt.

F: Was hat Ihre Frau damals für Schuhe getragen, als das passierte? Hat sie überhaupt welche getragen? Wo sind diese geblieben?

A: Die Schuhe stehen unter dem Gaskocher.

F: Was haben sie für eine Farbe?

A: Dunkelbraun.

F: Was hatten Sie für Schuhe an, als das passierte?

A: Meine Stiefeletten, die ich heute anhabe.

F: Hatten Sie dieselbe Jacke an, die Sie auch heute hier tragen?

A: Ja, keine andere.

F: Vielleicht täuschen Sie sich? Haben Sie die Hose angehabt, die zu Ihrem jetzigen blauen Jackett gehört?

A: Ja, ich kann mich erinnern, daß ich an dem Abend die blaue Hose anhatte, von der ich jetzt die Jacke hier trage.

F: Haben Sie die sauber gemacht?
– keine Antwort –
Können Sie sich genau erinnern, daß Sie die Schuhe anhatten an dem Abend, die Sie heute tragen?

A: Das weiß ich genau.

F: Haben Sie irgendwelche Sachen in Ihrer Küche gewaschen?

A: Nein, gar nicht, bloß die Blutspritzer, die ich sah, habe ich weggemacht.

F: Auch an den Wänden?

A: An den Wänden waren keine Blutspritzer. Bloß am Fensterbrett waren welche, die habe ich nicht weggemacht, weil ich sie nicht gesehen habe. Mich haben darauf die Leute von der Kripo Waldheim aufmerksam gemacht. Sie waren von mir, weil ich geblutet habe.

F: Meinen Sie, daß das Blut von Ihrer aufgeschlagenen Lippe so weit spritzt? Dann muß schon eine größere Blutader getroffen sein. Es sei denn, daß Sie das abmachen und dann anspritzen. Haben Sie das gemacht?

A: Das weiß ich nicht.

F: Vielleicht können Sie sich erklären, sich vorstellen, wie das passiert sein kann, daß die Rückseite von Sofakissen mit Blut beschmiert ist?

A: Das weiß ich nicht mehr. Es ging ja hart auf hart. Ich habe jetzt die volle Wahrheit gesprochen.

F: Offen bleibt trotzdem dieser eine Dorn. Sie haben aber doch bewußt oder unbewußt Verschiedenes vergessen. Es steht einwandfrei fest, daß Ihre Frau in der Schläfengegend, im Schädeldach eine runde Verletzung erhalten hat. Aber, wenn Sie alles schon zugeben, so werden Sie uns das auch noch, wenn Sie es noch in Erinnerung haben, erklären. Ich kann Ihnen auch das Ding zeigen, ich habe es hier.

A: Ich gebe nochmals zu, daß ich meine Frau getötet habe, indem ich ihr diese Schläge mit dem Eisenkeil zufügte. Ich bereue meine Tat bitter und so sollte es doch nicht ausgehen. Nicht daß Sie denken, ich sage das nur so hin. Ich habe schon damals meine Frau den ganzen Tag angeguckt und gedacht, daß sie wieder zu sich käme. Ich habe mich damals doch auf den Stuhl gesetzt und gewartet und gewartet, daß sie wieder aufstehen solle. Ich habe diese Nacht bis gegen ein Uhr dort gewartet und immer gehofft, daß meine Frau wieder aufstehen würde. Gleich nach dem Zuschlagen mit dem Eisenkeil und als dann meine Frau dort lag, kam schon die Reue. Sie können das glauben oder nicht.

F: Woher kommen die blutunterlaufenen Stellen am Oberarm Ihrer Frau?

A: Ich kann nicht sagen, wie diese entstanden sind. Es kann sein, daß ich sie an diesen Stellen geschlagen habe, als die Schlägerei zwischen uns beiden entstand. Es ging doch damals schon ins Handgemenge über, und es kann schon sein, daß ich sie mit der Faust ins Gesicht geschlagen habe.

F: Wozu wird von Ihnen sonst dieser Dorn benutzt?

A: Den habe ich von meinem Vater, der früher ab und zu Besen machte und dazu diesen Dorn benutzte. Ich benutzte diesen Dorn zum Herausnehmen der Keile an den Schuhleisten.

F: Ist an diesem Dorn etwas Besonderes feststellbar?

A: Ja, der Schaft dieses Dornes ist etwas kaputt.

F: Wo wird dieser Dorn von Ihnen immer verwahrt?

A: Der Dorn liegt immer auf dem Arbeitstisch in meiner Werkstatt. Ich habe ihn aber auch schon ab und zu mit in der Küche gehabt, wenn ich dort Schuhe genäht habe und dort die Leisten aus den Schuhen zog.

F: Offen bleibt auch noch die Benutzung mit dem Scheuersand.

A: Da habe ich keinen.

F: Auf Ihrem Küchenherd?

A: Meine Tochter kam am Dienstag und fragte, ob sie aufwaschen soll. Ich habe gesagt: ›Na gut, wenn du willst.‹ Sie wusch ein paar Teller und Töpfe auf.

F: Da ist aber Blut im Scheuersand?

A: Das hätte meine Tochter sehen müssen.

F: Hat Ihre Tochter denn überhaupt nichts gemerkt? War ihr denn in der Küche nichts Auffälliges? Hat Ihre Tochter überhaupt gewußt, daß Ihre Frau damals schon vermißt war?

A: Am Sonntagfrüh sagte ich ihr, daß meine Frau weg ist. Sie fragte am Montag, ob sie da ist, was ich verneinte. Am Dienstag kam sie und fragte, ob sie aufwaschen soll. Sie machte im Aluminiumtopf Wasser warm und benutzte auch Scheuersand in der Streudose.

F: Hat Ihre Tochter gar nichts gesagt, daß sie irgendwo Blut gesehen hat? Hat sie gar nichts erwähnt?

A: Sie war nicht länger als eine eine Stunde da und ging dann Kaninchen füttern. Ich habe auch nichts erzählt.

F: Warum haben Sie unterlassen, die verschiedenen Blutspritzer, die Überall zu finden waren, wegzumachen? Haben Sie z. B. nicht gesehen, daß am Handwagen oder im Handwagen alles voll Blut war?

A: Da habe ich nicht reingesehen.

F: Aber Sie haben ihn doch wieder hingestellt!

A: Da habe ich mir keine Gedanken gemacht.

F: Am Sonntag lag Ihre Frau noch in der Schlafstube?

A: Ja. Da ich auf andere Gedanken kommen wollte und immer meine Frau in den Säcken liegen sah, bin ich am Sonntag, den 11.6.1950, gegen 13 Uhr etwa, mit dem Fahrrad weggefahren. Ich fuhr in Richtung nach Dietenhain auf der Straße. Ich bin erst durch Waldheim durchgefahren am Wasser lang, aber mir ließ es keine Ruhe, und ich bin dann wieder zurückgefahren. Ich werde etwa gegen 17.30 bis 17.45 Uhr zu Hause gewesen sein. Auf dem ganzen Wege habe ich mit niemandem gesprochen.

F: Zeugen sagten da etwas anderes, Herr Schwarzer!

A: Nachdem mir die Angaben eines Zeugen vorgehalten wurden, der mich an diesem Sonntag gegen 17 Uhr etwa drei Meter hinter der Mönkeberg am Bahnhofsberg das Rad hat schieben sehen, kann ich immer nur wieder sagen, ich habe Frl. Mönkeberg an diesem Tage nicht gesehen. Ob sie nun wirklich vor mir hergegangen ist, weiß ich nicht. Es hat doch keinen Wert mehr zu schwindeln, aber ich habe sie wirklich nicht gesehen. Ich habe auch nicht mit ihr gesprochen.

F: Erklären Sie einmal Ihre Beziehungen zu dieser gewissen Elfriede Mönkeberg! *(Mönkeberg, Elfriede, 24 Jahre alt, Waldheim, Hauptstr. 155, Näherin, Nachbarin auf der Arbeit von Frau Schwarzer.)*

A: Ich habe zu diesem Mädel keine Beziehungen unterhalten. Wir haben uns aber zufällig verschiedene Male getroffen, aber immer nur auf öffentlichen Wegen. Ich habe sie auch schon mal mit zum Schäftemacher Stenzel nach Minkwitz mitgenommen, und sie sollte sich dort die Modelle selber ansehen, da sie sich von mir ein Paar Schuhe machen lassen wollte. Ich habe auch bei ihr einmal Maß in der Wohnung genommen. Die Mönkeberg wollte nicht zu mir in die Werkstatt kommen, da meine Frau auf sie eifersüchtig war. Beim Abholen der Schäfte in Minkwitz ist die Mönkeberg auch mit gewesen. Sie wollte eben selber mit dorthin gehen und wollte sehen, wie die Schäfte ausgefallen waren. Das waren die ganzen Gründe, weswegen die Mönkeberg mit dorthin gefahren ist.

F: Frau Mönkeberg hat man in Ihrem Garten gesehen. Sie seien mit ihr allein auf dem Grundstück gewesen.

A: Es stimmt, daß die Mönkeberg auch einmal mit drei Enkelkindern (Nichten und Neffe) zu mir in den Garten kam. Sie wollte sich dort aber nur einmal meine Kultur ansehen. Sie hat sich höchstens eine halbe Stunde dort aufgehalten. Ich habe ja gar keine schlechten Absichten gehabt und auch nicht versucht, die Kinder auf die Straße zu schicken. Die gingen einmal auf die Straße und kamen dann wieder rein. Es bestand also eine Zuneigung zu der Elfi Mönkeberg, aber keine geschlechtlichen Beziehungen, und so hatte ich mich mit ihr auch einmal verabredet, und wir sind dann nach dem Gasthof Wendishain gegangen und haben dort ein bißchen getrunken.

F. Wußte Ihre Frau von Ihren Beziehungen zu der Mönkeberg?

A: Jedenfalls haben es ihr die Leute unterbreitet. Sie hat mir zwar Vorwürfe gemacht, aber dabei nie eine Person genannt. Sie hat mich dann alles mögliche genannt. – –
Ich habe überhaupt nach dem Tode meiner Frau Frl. Mönkeberg noch nicht wieder gesehen oder gesprochen. Kein Wort habe ich mit dieser Person seitdem wieder geredet. Ich kann auch mit reinem Gewissen sagen, daß Frl. Mönkeberg auch nicht gegen meine Frau mir gegenüber gehetzt hat oder mich zu irgend etwas angestiftet hat. Was ich gemacht habe, habe ich von mir aus gemacht und bin von niemand dazu verleitet worden. Ich möchte abschließend sagen, daß ich meine Frau nicht umbringen wollte. Ich bin nicht mit dem Vorsatz ans Werk gegangen, sie beiseite zu räumen. Sie können mir glauben, ich weiß nicht, wie das gekommen ist.

F: Die Mönkeberg sagt, sie hätte sich mit Ihrer Frau gut verstanden.

A: Wenn sie das sagt, dann wird es so sein. Sie arbeiten zusammen, meine Frau und die Elfie.

F: Hatten Sie nicht jemand am Sonntag zu Besuch zu Hause?

A: Nein, es ist kein Mensch gekommen.

F: Und am Sonntag sind Sie an das Grab Ihrer Eltern nach Großweitzschen gefahren?

A: Ja, Sonntagvormittag. Es ist 1 ½ Stunde zu laufen, aber ich bin mit dem Rad gefahren, weil ich hüben und drüben das Körbchen mit Blumen hatte.

F: War das geplant?

A: Ja. Meine Frau sagte am Freitag: ›Daß du es weißt, am Sonntag richten wir die Gräber deiner Eltern vor.‹

F: Woher haben Sie die Blumen?

A: Die hatte Sie schon am Sonnabend vom Gärtner geholt.

F: Demnach steht der Grabbesuch Ihrer Eltern nicht im Zusammenhang mit der Tat?

A: Ja. Ich wäre auch sonst gegangen, wenn die Sache nicht passiert wäre.

F: Wer hat Ihnen am Sonntag denn das Essen bereitet?

A: Das habe ich selbst gemacht. Ich habe mir Nudeln gekocht und da waren noch ein paar Kalbsknochen da, und da habe ich die Brühe dazu genommen.

F: Hat es geschmeckt?

A: Ich habe keine hinter gebracht. Ich habe sie weggeschüttet, weil ich satt war. Ich sah immer wieder die Pakete liegen. Die Nudeln habe ich in den Abort geschüttet.

F: Hatten Sie die Tür zum Schlafzimmer offen gelassen oder zugemacht?

A: Eingeklinkt.

F: Schildern Sie kurz einmal den Tathergang zwischen Ihnen beiden, ehe es zu dieser eigentlichen Erschlagung Ihrer Frau gekommen ist.

A: Ich saß auf dem Sofa, da fiel ein Wort auf das andere. Es ging hart auf hart. Ich sagte: ›Ich gehe nicht mit weg heute abend.‹ Da sagte sie: ›Für mich hast du kein Geld übrig, du vermenscherst es.‹ Sie nannte mich Hurenbock. Das waren ihre deutlichen Ausdrücke, die sie täglich gegen mich führte. Ich sagte: ›Du kannst mir keine Beweise bringen, vielleicht hast du gehurt.‹ Sie kam auf mich rüber, ich kriegte eine geschmiert, es lief Blut aus der Nase, ich bleibe sitzen, sie ging mit dem Schlüssel auf mich ein, sie bekam mich zu sacken, ich lag mit dem Gesicht auf den Kissen auf, bis ich mich aufmachen konnte. Ich gab ihr einen Schubs, sie flog retour und auch über den Stuhl weg, sie sagte nichts, sie blökte nicht, und in meinem Jähzorn …

F: Eine Frage, meinen Sie, daß die Verletzungen an Ihrer Lippe so schlimm waren, daß das Blut meterweit in der Gegend herumspritzen konnte?

A: Dort haben wir uns wieder gewackelt. Sie hämmerte immer wieder mit dem Schlüssel auf mich ein, ich kann mich auf weiter nichts entsinnen, woher das Blut ist.

F: Was meinen Sie wohl, wie das Blut auf die Tischdecke kommen konnte?

A: Ich kann mich nicht entsinnen, wie die Tischdecke gehangen hat.

F: Wie liegt die Tischdecke denn sonst auf dem Tisch? Links oder rechts herum?

A: Sie liegt je nach dem, da gucken wir nicht so genau hin.

F: Haben Sie die Tischdecke gewaschen oder waschen lassen?

A: Ich habe nichts daran gemacht, sonst wäre ja das Blut rausgegangen. Ich habe gar nichts gewaschen.

F: Haben Sie sich auch gewehrt, als es zu der Schlägerei kam zwischen Ofen und Sofaecke?

A: Erst einmal mit den Beinen, damit ich sie loskriegte.

F: Haben Sie Ihre Frau irgendwie getroffen?

A: Das weiß ich nicht.

F: Haben Sie auch von Ihren Fäusten Gebrauch gemacht?

A: Nein.

F: Ich muß Ihnen offen sagen, an Ihren Darstellungen stimmt etwas nicht. Es wäre von Ihnen töricht, wenn Sie uns das nicht wahrheitsgemäß angeben würden. Ihre Frau hat an den Armen ganz schöne Verletzungen. Richtige blutige Flecke. Die Fingerkuppen sind alle beide durch.

A: Ich habe nicht mit dem Messer gearbeitet und gar nichts.

F: Was hat der Keil vorn für eine Spitze?

A: Sie ist ziemlich scharf.

F: Sie meinen, Sie haben nur drei- oder viermal mit dem Keil in den Kopf Ihrer Frau geschlagen?

A: Ja, dann stand die ja nun nicht wieder auf. Ich habe Ihnen alles gestanden, das können Sie mir glauben. Ob ich nun zwei- oder drei- bis viermal zugeschlagen habe, das kann ich nicht behaupten.

F: Können Sie mir noch sagen, nach welchen Körperteil Sie geschlagen haben, oder welchen Sie getroffen haben?

A: Nur nach dem Kopf.

F: Als Sie nun den Eisenkeil nahmen, was haben Sie sich vorgestellt, was Sie damit alles anrichten konnten?

A: In meiner Wut habe ich mir gar nichts überlegt.

F: Wie kamen Sie darauf, einen Eisenkeil zu nehmen?

A: Wenn ein Holzstöckel da gewesen wäre, dann hätte ich vielleicht auch das genommen.

F: Was haben Sie gedacht, als Sie das Eisenstück nahmen und auf Ihre Frau losgingen?

A: In der Minute habe ich mich nicht erkannt.

F: Ist Ihnen schon einmal ein Fall passiert, wo Sie nicht mehr wußten, was Sie eigentlich tun? Haben Sie plötzlich auch schon einmal Ihren Rappel gekriegt?

A: Nein. Sie haute mir sogar den Spiegel, der an der Wand hing, an dem Abend auf die Erde. Er war nicht kaputt. Ich hob ihn auf und hing ihn wieder hin. Sie hatte ihn direkt nach mir geworfen. Sie stand am Ofen und ich an der Schlafstubentür. Ich bin getroffen worden an der Schulter, es hat mir aber nichts weiter getan.

F: Aber wenn Sie schon so ein Ding in die Hand nehmen, dann müssen Sie sich doch auch im klaren sein, was Sie mit dem Ding anstellen werden?

A: So gut wie ich bin, ich gebe das Letzte, aber in meiner Wut, da sehe ich nichts mehr. So war ich auch im Felde. Ich bin dann drauf gegangen, wenn ich in Wut war und habe nicht gefragt.

F: Haben Sie noch mehr Beweise dafür, daß Sie besonders jähzornig sind? Nennen Sie uns Einzelheiten, Erlebnisse.

A: Gar nichts. Ich habe immer gelitten, und eben durch den Zank jeden Tag, so ging es die Woche drei- und viermal, hatten wir immer die Plänkeleien, weil die mich schlug, und ich sah bei mir das Blut laufen, da bin ich dann losgesaust. Das mit dem Eisen, das habe ich mir absolut nicht überlegt, daß ich so ein Unheil konnte anrichten. Das habe ich mir gar nicht überlegt.

F: Was wollten Sie überhaupt erreichen? Ihre Frau lag da, Sie waren aufgeregt, was wollten Sie erreichen? Was war der Zweck Ihrer ganzen Handlung?

A: Gar nichts.

F: Aber da hätten Sie ja auch stehen bleiben können, wenn Sie nichts erreichen wollten?

A: Ziemlich mit 61 Jahren, da kann man sich um die Bretter kümmern, und nicht um die anderen Leute.

F: Wenn Sie Ihre Frau liegen sehen, und Sie wollten nichts erreichen, da konnten Sie doch Ihrer Wege gehen, und die Frau einfach liegen lassen? Aber Sie haben ja nun gerade etwas anderes getan, Sie wollten doch irgend etwas erreichen damit?

A: Weil ich sie habe beseitigen wollen.

F: Ich weiß nicht, was mit Ihnen vorgegangen ist.

A: Das ist vorgegangen. Ich habe dort gesessen auf dem Stuhl, die habe ich immer wieder angeguckt, die wurde nicht wieder, ich wußte mir keinen Rat mehr.

F: Warum sind Sie nun, als Ihre Frau am Boden lag, in die Werkstatt gegangen? Die Tür war doch zu? Sie konnten doch auch anderes nehmen und nicht gerade das Eisen?

A: Was soll ich dazu sagen, ich weiß es nicht.

F: War die Tür zur Werkstatt zu, verschlossen oder nur eingeklinkt?

A: Verschließen tun wir die nie.

F: Steht sie manchmal offen?

A: Sie steht den ganzen Tag offen.

F: Stand sie auch an dem Abend offen?

A: Das kann ich nicht mehr sagen.

F: Fing das nun nicht an zu riechen in Ihrem Schlafzimmer? Oder haben Sie gar nichts gerochen?

A: Ich habe nichts gerochen.

F: Wer hat die Fenster, den oberen Teil in Ihrem Schlafzimmer aufgemacht?

A: Die stehen immer auf.

F: Und bei Ihnen in der Werkstatt?

A: Da stehen sie auch immer auf, im Herbst mache ich sie zu. – – – Ich habe zu den ganzen Sachen nichts weiter zu sagen. Ich war damals eben in Aufregung, und vor mir hat alles nur so geflimmert, und dann habe ich es eben ausgeführt. Ich komme darüber heute selbst noch nicht weg, daß mir so etwas passiert ist.

Das Verhör wird 13.55 Uhr beendet.«

Gerhard Schwarzer legte schließlich im Laufe der Vernehmung ein umfassendes Geständnis ab, gegen neun Uhr am Abend des 10.6.1950 mit einem Eisenkeil (Krebs) nach vorausgegangenem Streit mit seiner Ehefrau diese erschlagen zu haben.

In der Werkstatt des Beschuldigten wurde der von ihm genannte Eisenkeil vorgefunden, der eine Gesamtlänge von 47,8 cm und eine Breite von 4,5 cm und eine Stärke von 2 cm hat. Dieser Keil ist an seiner Spitze flächenhaft verbreitert und dürfte ein Spezialwerkzeug darstellen, was noch zu klären ist. Dieser Keil weist fast auf der gesamten Länge massenhafte und intensive Blutverschmierungen auf. Das Tatwerkzeug wurde beigezogen.

Nach Schwarzers Angaben ist es wegen Eifersucht seiner Frau zu einem Wortwechsel gekommen, wobei sie ihm einen Schlag auf die Nase und schließlich nach seiner Gegenwehr einen weiteren Schlag auf die Unterlippe mit einem Schlüssel gegeben habe. In dem anschließenden Handgemenge will er seiner Frau einen Stoß versetzt haben, wobei sie über einen Stuhl stürzte und vor dem Küchenherd zu liegen kam. Bevor sie sich aus dieser Lage wieder vollkommen aufgerichtet habe, will er aus der angrenzenden Werkstatt den angeführten Eisenkeil geholt und damit blindlings auf den Schädel seiner Frau eingeschlagen haben. An die Benutzung eines Dorns kann sich Schwarzer nicht erinnern können.

Der Beschuldigte bestritt, seine Frau vorsätzlich getötet zu

haben, musste jedoch trotz seines Erregungszustandes noch erkannt haben, dass die Benutzung dieses fast sechs Pfund schweren Eiseninstrumentes bei dieser Wucht der geführten Schläge unter allen Umständen tödlich wirken musste.
Nachdem er bis gegen ein Uhr morgens ratlos umhergesessen hat, zerteilte er anschließend die Leiche, indem er mit Messer und Säge Kopf und Unterschenkel trennte, um die Leiche in Säcke verpacken zu können. In den zeitigen Morgenstunden wurden diese Leichenteile im Garten vergraben.
Die Polizeiakte wird geschlossen und dem Gericht übergeben.

Die Frau aber konnte nicht einschlafen und warf sich die ganze Nacht von einer Seite auf die andere und dachte immer drüber nach, was sie wohl noch werden könnte, und konnte sich doch auf nichts mehr besinnen. Indessen wollte die Sonne aufgehen, und als sie das Morgenrot sah, setzte sie sich aufrecht im Bett hin und sah starr da hinein. Da kam die Bosheit über sie; die Haare flogen ihr so wild um den Kopf, und sie schrie: »Ich halte das nicht aus! Und ich halte das nicht länger aus; willst du hingehen zum Butt?«

Da zog er sich die Hosen an und lief davon wie unsinnig. Draußen aber ging der Sturm und brauste, dass er kaum auf den Füßen stehen konnte. Die Häuser und die Bäume wurden umgeweht, und die Berge bebten, und die Felsenstücke rollten in die See, und der Himmel war ganz pechschwarz, und es donnerte und blitzte, und die See ging in so hohen schwarzen Wogen wie Kirchtürme und Berge, und oben hatten sie alle eine weiße Schaumkrone. Da schrie er, und er konnte sein eigenes Wort nicht hören:

Manntje, Manntje, Timpe Te,
Buttje, Buttje in der See,
mine Fru, de Ilsebill,
will nich so, as ik wol will.

Brüder Grimm: *Vom Fischer und seiner Frau*

Quellen

Akten der Sächsischen Staatsarchive Dresden und Leipzig

Engels, Friedrich: »Zur Wohnungsfrage«. In: MEW 18. Berlin, 1973.

Freud, Sigmund: *Über einige neurotische Mechanismen bei Eifersucht, Paranoia und Homosexualität.* Berlin, 1989.

Grimm, Jakob und Wilhelm: *Kinder- und Hausmärchen.* Berlin und Weimar, 1979.

Fellmann, Walter: *... doch das Messer sieht man nicht.* Leipzig, 1994.

Forner, Willy: *Dresdner Pitaval.* Berlin, 1979.

Heym, Stefan: *Schwarzenberg.* München, 2004.

Hoff, Peter: *Polizeiruf 110.* Berlin, 2001.

Medien: u. a. *Leipziger Volkszeitung* (LVZ), *Leipziger Tageblatt* (LT), *Sächsische Neueste Nachrichten* (SNN), *Sächsische Zeitung* (SZ), *Stern, Die Union, Tägliche Rundschau, Der Spiegel, Die Zeit, Wochenpost,* NBI

Mittmann, Wolfgang: *Aktion Roland.* Berlin, 2001.

Mittmann, Wolfgang: *Gladow-Bande.* Berlin, 2003.

Neutzner, Matthias u. a.: *Abschlussbericht der Historikerkommission zu den Luftangriffen auf Dresden zwischen dem 13. und 15. Februar 1945.* Dresden, 2010.

Polte, Wolfgang (Hg.): *Unser Haushalt.* Leipzig, 1968.

Spranger, Günter: *Mord in der Stunde Null.* Berlin, 1967.

Steche, Richard: *Beschreibende Darstellung der älteren Bau- und Kunstdenkmale des Königreichs Sachsen.* Dresden, 1883.

WG Aufbau Dresden (Hg.): *Zur Geschichte der Bau- und Wohnungsgenossenschaften.* Dresden, o. J.